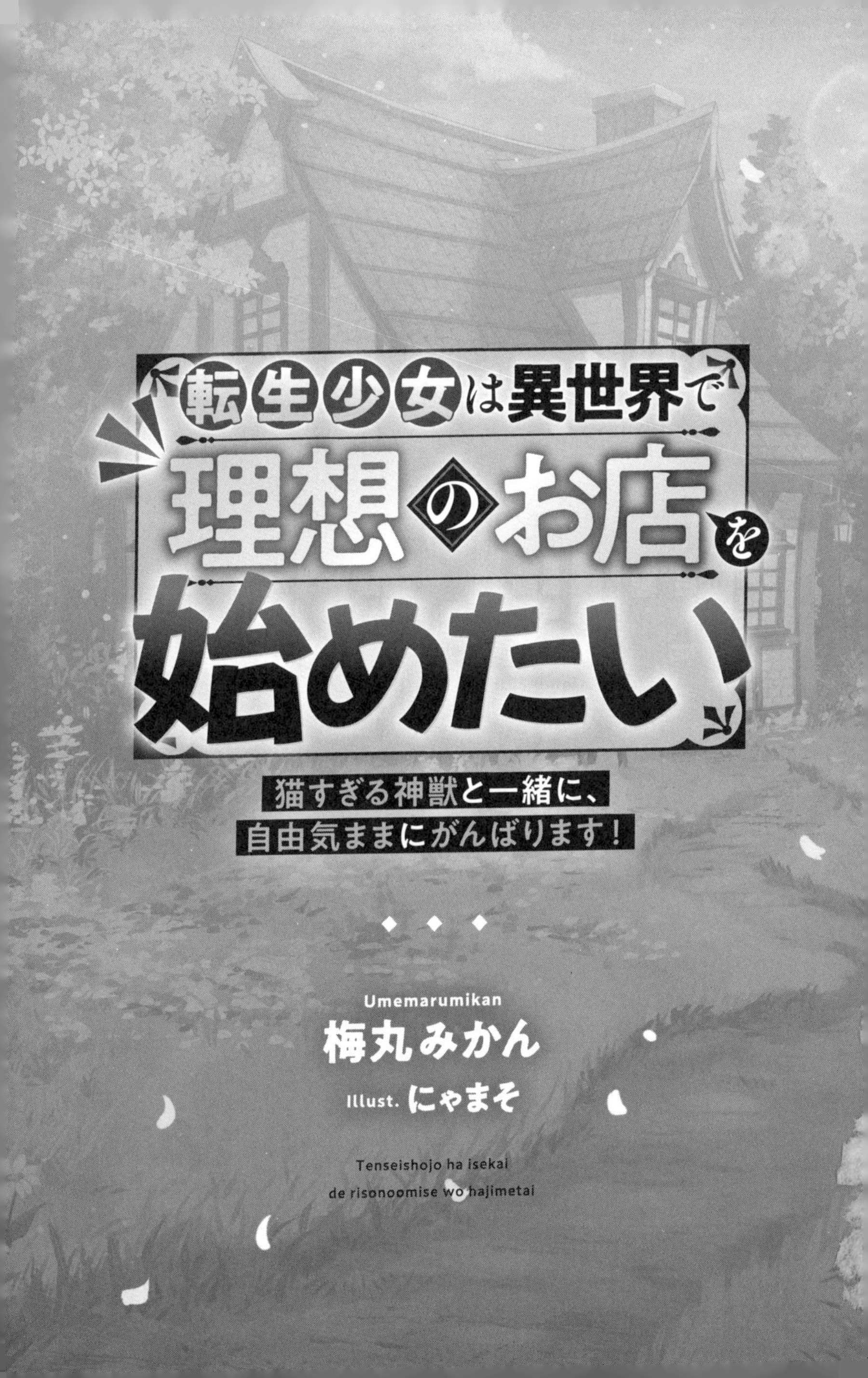

転生少女は異世界で理想のお店を始めたい

猫すぎる神獣と一緒に、自由気ままにがんばります！

◆ ◆ ◆

Umemarumikan
梅丸みかん
Illust. にゃまそ

Tenseishojo ha isekai
de risonoomise wo hajimetai

グレン
（元の姿）
ラルク
ヨダの町近くにある農場の息子。無邪気で好奇心旺盛。
カリン
本作の主人公。異世界の少女に転生した、元アラフォー。前世の知識とチートな創造魔法を生かして長年の夢だった喫茶店オープンを目指す。
グレン
猫にしか見えない神獣。カリンの手助けをするため、異世界でともに暮らす。

フラン
ヨダの町で服屋を営む、明るい個性派デザイナー。
エミュウ
ヨダの町で魔導具店を営む、頼れる天才魔導具師。
ショウ
ラルクの兄。腕の立つ冒険者として活躍している。
ダンテ
ラルクの父。温厚で包容力のある、マッチョなイケメン。
セレン
ラルクの母。優しく穏やかでカリンのことを気にかける。
CHARACTERS

第一話　プロローグ

赤い大きな三角屋根にクリーム色の壁、二階の窓にはフラワーボックス。

「こんなもんかなぁ？」

私は自作のスケッチを目の高さまで持ち上げ満足気に呟《つぶや》いた。奄美根花凜《あまみねかりん》、それが私の名だ。

なんで三十路《みそじ》にもなってお絵描きなんぞしているかというと、理想の未来を掴むためだ。

自分の欲しいものを描くことによって頭の中にイメージを擦《す》りつける。私が描いたこの家は、長年の夢を叶《かな》える場所。

そう、私には夢がある。

その夢とは小さな喫茶店を開くことだ。

場所はあまり都会すぎないこと。

でも、あまり田舎すぎても人が来なければ経営もままならないよねぇ。

ならば別荘地とか？

でも、あまりに有名な別荘地だと土地代が高そう。

様々なメリットとデメリットを思い描きながら妄想を発展させていく。そんなひと時は私の唯一の癒《いや》しだった。

私の母はシングルマザーだった。母一人子一人の生活は裕福とはいえず、そうそう欲しいものを手に入れることはできなかったけど、母は月に一回だけ外食に連れていってくれた。それは私にとって唯一の楽しみだった。

母も私も美味《おい》しいものを食べるのが大好きで、新しいお店の情報が入る度《たび》に一緒に訪れた。母は一度料理を食べただけでその材料を推測できるという特技があり、気に入った料理があると度々再現してくれた。

そして、その特技は私にも受け継がれたようで次第に自分で作るようになり、それが将来の夢に反映されることになった。

転機が訪れたのは母が病気を患《わずら》い、私が高校を卒業する前に呆気《あっけ》なく亡くなってしまった時だった。

母が残してくれた保険金ですぐにお金には困らなかったものの、私の生活は一変した。

叔母が一緒に暮らすことを提案してきたが、それが義務感からであることをすぐに察知したので断った。気を遣って生活するよりも自由を求めたのだ。もちろん、生活費の援助も断った。

すると叔母は心なしかホッとしたように見えた。いくら姪でも叔母にも子供が二人いるし、私を養うほど生活が楽なわけでもなかったのだろう。それに叔父である叔母の夫に対しても後ろめたさがあったのだと思う。

色々考えて私は自分の好きな道を進むことにした。母の死を見て、どうせ生きるなら好きなことをして後悔しないようにしたいという思いが強くなったのだ。

食べることも料理を作ることも好きだった私は、料理学校に進学することに決めた。その時はまだ明確な目的があるわけではなかったが。

学校が長期休暇に入る度に食べ歩き目的で様々な土地を巡った。海外では今まで食べたことのない料理に出合い、自分でも作ってみたいと心が逸《はや》った。

どの土地を訪れても共通していたのは、美味しいものを食べている人はみんな笑顔でとても幸せそうな顔をしていたことだ。

旅先で幸せそうな笑顔に出会う度に自分も幸せを感じた。もし、私の料理で誰かを笑顔にできたなら……次第にそんなことを考えるようになった。

そうして私に明確な夢ができた。いずれたくさんの人々を笑顔にする美味しい料理を提供できるお店をオープンすることだ。

その夢を叶えるため、料理学校を卒業するとすぐに洋食レストランに就職した。

仕事は忙しかったが、終わった後は自宅のアパートで寛《くつろ》ぎながら自分が将来オープンしたいお店に思いを馳《は》せるのが日課だった。

店構えは三角屋根の可愛らしい建物がいい。

甘いもの好きな私にとってスイーツは欠かせない。

手作りスイーツは持ち帰りができるようにしようか。

洋食もいいけど、和食も捨てがたい。

頭の中に様々な思いが巡り、考えただけでワクワクが止まらなかった。

結婚を考えたことがなかったわけではないが、なぜか良縁には恵まれなかった。というのも、いつも裏切られてばかりだったからだ。独身だと思って付き合ったら奥さんがいたり、二股をかけられたり、浮気されたりと散々だった。

その度に打ちひしがれ、心の中に見えない傷が蓄積されていき、いつしか一生の伴侶《はんりょ》を持つという未来は私の中から消えていった。

きっとそれも私の夢の実現を加速させたのだろう。

四十も間近になり、そろそろ自分のお店を持とうかと考えていると願ってもない話が舞い込んだ。馴染《なじ》みのお客さんが私に耳寄りな情報を持ってきてくれたのだ。

街から外れた場所で小さな喫茶店を営んでいた老夫婦が歳のため、介護サービス付きの高齢者用マンションに移るということだった。老夫婦には子供がいたようだがその店を継ぐ気はなく、結局売ることにしたそうだ。

話を聞くと、街外れとはいえ相場よりもかなり格安に思えた。

内覧に行って初めて見た物件は、思い描いていた三角屋根のお家とはちょっと違うけど、住居も併設されているので問題なかった。

思い立ったが吉日。

私はすぐに準備に取りかかった。

そして、今まで住んでいたアパートを引き払い、引っ越しも済ませ、開店準備に奔走《ほんそう》していた時だった。

その時私は漸《ようや》く最後の買い物を終え、ワクワクした気持ちで軽ワゴン車を走らせ、やっと手に入れた小さな自分のお城へ向かっていた。

慣れない車の運転の上に舞い上がった気持ちで気も漫《そぞ》ろになっていたのかもしれない。

突然林から飛び出してきた大きめの白い猫。

僅《わず》かな反応の遅れ。

まずいっっっ！！！！！

それでも私は咄嗟《とっさ》にハンドルを切った。

車は脇道に逸《そ》れ、急な下り坂になっている林の中を彼方此方《あちらこちら》ぶつかりながら、引力に引きずられるが如く落ちていく。

ガタガタと地面から響く振動に為《な》す術《すべ》もなく、徐々にコントロールを失っていった。

ガッツガッツ！　ドッガッシャーーーン！！！

激しい衝撃が体中に響き、シートベルトが胸に食い込み、痛みを感じると同時に意識が飛んだ。

意識を失う直前に頭を過《よ》ぎったのは「綺麗《きれい》な器を買ったのに割れなかったかしら?」というしょうもないことだった。


フワフワ揺れる感覚。

身体が温かいものに包まれた。


徐々に覚醒していき、瞼《まぶた》を開けると周りは真っ白な空間だった。

自分が立っているのか、座っているのか、横になっているのかも分からない。

ただ、その白い空間に浮かんでいるという感じだ。

なっ、何? ここはどこ?

辺りを見回す。

『申し訳ない………』

突然、頭の中に声が響いた。

どこから聞こえるのだろうと考える間もなく、頭上から一匹の白い猫が私の目の前に現れた。

猫は空中に浮いていて、私も多分空中に浮いている。

空中といっても地面が見あたらないので白い空間にふよふよしている感じだ。

もふもふの長い毛足。

金色の瞳のその猫は、普通の猫の三倍以上の大きさだった。

『誠に申し訳ない……』

大きな猫ね……そんなことをボンヤリ考えていると、もう一度頭の中で声が聞こえた。

どうやら目の前に浮いている猫が発している声らしい。

状況がいまいち掴めなくてすぐに返事をすることができない。

「えっとぉ……いま喋《しゃべ》ったのってあなた？」

『そう、某《それがし》である』

私は漸く声を絞り出した。でも、返ってきた言葉はなんだか時代がかった言い回しで、なんて返したらいいのか分からない。

『あらあら、いきなり謝ってもなんのことか分からないわよ。まずは状況説明からしなくちゃダメじゃない』

突然のんびりした高い声が頭の中で響いたと思ったら、今度は猫の後ろに見たこともないほど美しい女性が光の中から現れた。古代ギリシャ人が身につけていたような白い服を纏《まと》っている。

確か、キトンと呼ばれる長い布を身体に巻き付けるようにして着る服だったと思う。

足首まで伸びたストレートの銀髪に金色の瞳を持つその女性は、この世の者とは思えないほどに神々しい。

大きすぎない胸に引き締まったウエスト、八頭身のモデル体型は女性なら誰もが憧《あこが》れるプロポーションに違いない。

綺麗な人ねぇ……

いまひとつ状況を掴めない私は、ただ呆然と現実離れした美しい女性を眺めるだけだった。

『初めまして、私はアスティアーテの女神ラシフィーヌ。あなたはこの子のせいで命を落としてしまったの。この子は私の眷属《けんぞく》で神獣のグレン。本当にごめんなさいね』

アスティアーテって何？　女神って？　しかもこの猫は神獣で白いのにグレー、じゃなくてグレンというらしい。

いやいや、もっと重要なことを言っていたわね。私が命を落としたって……

現実味を感じない中で私は漸く事態を把握し始めた。

「えっ？　私、死んじゃったの？　えっ？　なんで？」

『あなたは車の運転中に突然林から飛び出したこの子を避けようとして事故にあったの』

私の疑問に女神様は眉尻《まゆじり》を下げて悲しそうに言った。

私の中に、この場所に来る前の映像が映画のワンシーンのように蘇《よみがえ》った。そうだ、私は車の運転中に………

あの時………私、本当に死んじゃったんだぁ……

ショックを受けた。

だって、私の夢は実現目前だったから……

目の前が真っ暗になった。

いや、実際は真っ白なのだが……

『どうやら思い出したようね。それでね、あなたは本当は死ぬはずじゃなかったの。それに神獣は普通、地球の人間に見えるはずはないのよ。でも、なぜかあなたはグレンを認識して避けようとしてしまったの』

「えっ？　じゃあ、本当は避けなくても大丈夫だったの？」

『ええ、神獣だから車に轢《ひ》かれて死ぬなんてことはないわ。精神生命体だから……そう、今のあなたや私と同じようにね』

「まじでか？」

私は女神様の言葉に唖然《あぜん》とした。

じゃあ私はなんで死んだの？　これじゃあ無駄死にじゃない？

なんともやるせない気持ちのまま言葉を失った。

でも、不思議とその白い猫に対しての怒りは芽生えなかった。

多分、私が猫好きだからかしらね。

私はグレンの方に目を向けて苦笑した。

女神様が私の様子を意に介さずに言葉を続ける。

『それでね、提案なんだけど、あなた私の世界でやり直さない？　もちろんあなたの夢を叶えるためにできるだけのことをするわ』

女神様の唐突な提案にまたまた私は言葉を失う。

うん、意味分からんわ。やり直すってどういうこと？　生き返るってこと？　それとも生まれ変わるってこと？

疑問がどんどん湧いてくる。

『私が管理する世界にあなたを転移させて、あなたが失った夢のお手伝いをするわ。そうね、その前に私が守護しているアスティアーテについて説明するわね』

私の様子をよそにニッコリと微笑《ほほえ》む胡散臭《うさんくさ》い女神様。

笑顔は輝くばかりに目映《まばゆ》いけどね。

なんて言っている場合ではない。

ハッキリ言って何を言っているのか分からない。

話が突飛《とっぴ》すぎて突っ込むに突っ込めないのだ。

女神様は呆然とする私に構わず話を続ける。

『アスティアーテはこの地球とは違う世界なの。つまり、あなたたちがよく言う異世界ということね。アスティアーテの文明はこの地球よりも大分遅れているの。なまじ魔法があるせいで科学が全然発展しなかったのよね。だから、アスティアーテの発展を促すために地球を参考にしようと思って、グレンを視察に行かせていたんだけど……』

言葉を詰まらせた女神様は伏し目がちに続ける。

『神獣であるグレンはアスティアーテの人間ならともかく、地球人のあなたには見えるはずがないの。でも、あなたの目にはグレンが映ってしまった。もしかしたら、あなたは遙か昔にアスティアーテ人として生きていたことがあるのかもしれないわね。稀《まれ》にあるのよね～。他の世界の魂が混じってしまうことが……』

女神様は私の方を見て苦笑した。

いやいや、軽く言っているけど稀にでもそんなことがあってはダメなんじゃないの？

そう思ったけど、ここで突っ込んでは話が進まないのでスルーした。

女神様の話はさらに続く。

『まあ、それはともかくグレンが不用意に地球で遊んで……じゃなくて、視察していてそうなったのは、私の監督不行届きであることに変わりはないわ。だけど、アスティアーテの女神である私は地球に干渉できないの。でもアスティアーテにならあなたの魂を転移させることができると思うの。転移したら記憶を持ったままだから、夢を叶えることができると思うわ』

今女神様ってば、遊んでって言ったよね。いや、そんなことより肝心なことを聞いておかなきゃならないわね。

「えーっとぉ、もし断った場合はどうなるの？」

私は戸惑いがちに女神様に尋ねた。

『あなたの魂は永遠に彷徨《さまよ》うことになるわね……多分……』

「多分って……曖昧《あいまい》すぎやしません？」

『仕方がないのよ。初めての事例だから……』

困ったような顔を向けるラシフィーヌ様は口をつぐんだ。

永遠に彷徨う………一人ぽっちで？　つまり、以前聞いたことのある浮遊霊ってやつ？

私は、誰にも気づいてもらえず終わることのない孤独に耐える自分自身を想像しただけで死にたくなった。

もう死んでるけど……

ふうっと溜息《ためいき》をついてなんとか気持ちを落ち着かせた。

それにしても、地球でもおなじみの言葉を使い回す女神様は妙に軽い感じがする。

きっとかなりの地球贔屓《びいき》のせいなんだろうけど……

それはそうと、転生するにも転移するにも疑問はできるだけ解消しておきたい。

私は女神様にさらに問いかける。

「アスティアーテに魂を転移させるということは、生まれ変わって赤ちゃんから人生を始めるということなの？　地球での私は死んでしまったし……」

『地球の魂をアスティアーテの輪廻《りんね》の輪に入れるには、きちんと前世の生を宿命通りに終えてから双方の神同士で協定を結ぶ必要があるから無理ね。だから、魂が抜けた身体を拝借することになるわね』

「えっ？　魂が抜けた身体って死んだ身体……つまり死体ってこと？」

『大丈夫よ～。魂が抜けたばかりの新鮮な身体を選ぶから～』

「えっ？　そういう問題？」

相変わらずのんびりした口調のまま、なんとはなしに言葉を発する女神様に不安が過ぎった。

大丈夫かしら？

『そうねぇ、この子なんてどうかしら？』

私が不安に思っていることなどお構いなしに女神様が話を続け、目の前にスクリーンのようなものが現れた。

そこには、薄紫色のワンピースを纏った藍《あい》色の髪の少女が、荒れ果てた地に仰向《あおむ》けに倒れていた。

ワンピースは汚れ、ところどころ破れているようだ。

痩せこけた頬に落ちくぼんだ目の周りは隈《くま》になっているが全体的に整った顔立ちだ。

子供が身近にいなかったから見ただけじゃ分からないけど、どう見ても十歳以下に見える。

動く気配を微塵《みじん》も感じさせない少女は、きっともう生きてはいないのだろう。

「ねぇ、女神様。どうしてこの少女を助けてあげなかったの？」

『生きる意志が強ければ私もなんとかできたんだけど、この子は生きることを拒否したの。生きるのを諦《あきら》めてしまった者はどうすることもできないの。でも、大丈夫。この子の魂が次の人生で幸せになれるようにできるだけのことをするつもりだから……』

女神様は哀愁を帯びた微笑みをこぼした。

『だから、あなたは安心してこの身体に入って自分の夢を実現すればいいのよ』

私は女神様の言葉を受け、考えを巡らせた。

『もちろん、転生したらすぐに生活に困らないように住居を準備するわ』

「住居？」

『そうよ〜、なんてったって私はアスティアーテの女神だからね〜。この世界ではそれなりの力があるのよ。それに私の加護の他に恩寵《おんちょう》も授けるわ』

どうやら好待遇で転生できるようだ。

『今なら前世の記憶の他に天寿を全うする宿命も付け加えるわ。それにこの子は孤児だから自由に生きられるわよ。それで、どうする？　この子の中にあなたの魂を転移していいかしら？』

なんだか「今ならお得」みたいな前世のテレビショッピングのような言い回しなんだけど、ますます不安が湧き上がるのは気のせいだろうか？

女神様の言葉を反芻《はんすう》して不安を払拭《ふっしょく》させるべく考える。

私は夢の実現を目前にして命を失った。

たとえ異世界だとしても永遠に彷徨うよりも転移させてもらった方が絶対にいい。

しかも魔法があるファンタジーな世界だ。そう思うとなんだかワクワクしてきた。

でも、魂を転移させてその子の身体に入るってことは転生ということでいいのかしら？　そんな疑問が過ぎったが、私は無意識に声を発していた。

「お願いします。あっ、でも………」

私が了承の声を発した瞬間、光が私を包み意識が何かに吸い込まれるように消えていった。

「いや、いきなりかよ！」

意識を失う直前に私が発した言葉は女神様に届かなかった。

第二話　異世界転生

生温《なまぬる》い風が頬を掠《かす》るのを感じた。気がつくと、灰色の世界で仰向けに寝転んでいた。辺りを見渡すと樹木は枯れ、ところどころが白い霧で覆われている。荒廃したその景色はこの世の終わりを告げるかの如く絶望感が漂う。

呆然と周辺を見回した私は、女神様の言葉に頷いたことを後悔せずにはいられなかった。

それにしてもないわぁ〜。

だって信じられる？　この身体の持ち主のこと、なんの説明もなかったんですけど！

どこの誰かも分からないんですけど！　多分十歳前後の少女だと思うけど、年齢さえ分からないってどういうこと？　それにここはどこ？　この世界、もう終わってるんじゃないかしら？

女神様は私の考えが変わらないうちに転生させたかったのかもしれないわね。それだけ私をこの世界に転生させたかったのは、何か思惑があるのかしら？

もしかして、まんまと女神様の罠《わな》にはまったのかもしれない。なんかあの女神様怪しかったし……

まぁ、ここでグダグダ怒っていても仕方ないので、とりあえず自分の身体を見回してみる。特に怪我《けが》はないようだ。

シンプルな薄紫のワンピースはところどころ泥のようなものが付いていて破れた箇所もある。胸まである藍色の髪はくすんで毛先はパサパサ、薄汚れた身体。長い間お風呂にも入っていない感じだ。

それに手足が細すぎる。食事もまともに取っていなかったに違いない。

「多分、死因は餓死《がし》ね……」

私は身体の状態から死んだ原因を推測した。はぁ……これからどうしろって言うのよ！　と思っていたら救世主が現れた。

『無事に転移できたようだな奄美根花梱《あまみねかりん》、いや、この世界での名をなんと呼ぼうか？』

頭に響いた声に反応し、顔を上げると白い猫が目の前でふよふよ浮いていた。あの白い世界で見たより小さい。そう、普通の猫サイズだった。

「あっ、私が前世で死んだ元凶の猫ちゃんだ！　確かグレンだったわね。そうね、カリンでいいわよ」

『ぐっ……そっそうか。ではカリン、その節は誠にすまないことをした。某には心の中で話せば声に出さずとも通じるぞ』

「えっ？　そうなの？」

『そうなの？』

グレンの言葉に心の中で言い直した。

うん、でもなんかしっくりこないわ。

だから普通に声に出して話すことにした。でも、周りに人がいて聞かれたくない話の時は念話で話すことにしよう。

「でもグレン、私あまり根に持つタイプじゃないからもう気にしなくて大丈夫よ。それにしてもなんでグレンまでここに来たの？」

『カリンだけではこの世界で生きるのは難しいのではないかと、某が守護に付くことになった。元々は某のせいでカリンがこの世界に転生することになったのだ。幸せに導くのが某の責任でもある故な』

「本当に？　ヤッタァー！」

私は一瞬驚いたが、思わずグレンを抱きしめてしまった。一人で急にこんな世界に飛ばされて、

かなり心細いと感じていたから嬉しさもひとしおだ。いくら前世では四十歳近くまで生きていたとはいえね。

『こらこら、とりあえず落ち着け。苦しくて敵《かな》わん』

「あっ、ごめんねぇ」

『まずはこれを飲むがよい。その身体は餓死したのだ。先に体調を整えねばならん』

グレンの言葉が私の中に届くと同時に、目の前に水の塊が現れた。

「この水は何？」

『神域にある命の泉の水だ。其方《そなた》の生命を維持することができる。其方の身体は限界だ。これを飲めば少しは回復するだろう』

「へぇ、丁度喉が渇いていると思っていたの」

私はそう言って水の塊に口を付けてゆっくり飲んだ。そして、その味にビックリした。

「仄《ほの》かに甘くて美味しい！　身体に染み渡るようだわ！」

『そうだろう、そうだろう』

命の泉の水を飲んだ途端、体中に感じていた怠《だる》さが嘘のように消え、力が湧いてくるようだった。空腹感も治まっている。

『これで大丈夫だろう。身体は飢餓状態から脱したはずだ』

満足気にグレンが呟いた。

それにしてもこの身体の持ち主は何者だろう？　女神様は孤児だと言っていたけど、たとえ両親が亡くなったとしても出自くらいはあるはずだ。

『それと、後ほどカリンのその身体の身元を伝えよう。先ほど、その身体について何も説明がなかったと言っていただろう』

「えっ？　もしかして私声に出して言っていたかしら？　あっでも身元についてはまだ知らなくていいわ。なんだか嫌な予感がするから。多分知らない方がいいような予感が……じゃあ年齢だけ教えてくれる？」

私は平和に過ごしたいのだ。余計な情報を得て惑わされたくはない。知らない方がいい情報があるのは前世でも経験済みだ。心の平穏のために知りすぎない方がいいこともあるのだ。

とはいえ、情弱すぎてもダメなんだけどね。そこんところのさじ加減は難しいのよねぇ～。

『そうか、その身体は八年の歴史を刻んでおる。先月の初風月《しょふうげつ》三の日に誕生日を迎えたばかりだ』

「初風月？　よく分からないけど、思ったよりも幼いみたいだわ」

『この世界はカリンの前世と同じ十二の月で一年となる。その十二の月とは、冬の季節の初水月《しょすいげつ》、次水月《じすいげつ》、春の季節の参水月《さんすいげつ》、肆水月《しすいげつ》、初風月、次風月《じふうげつ》、夏の季節の参風月《さんふうげつ》、肆風月《しふうげつ》、秋から冬の季節の初陽月《しょようげつ》、次陽月《じようげつ》、参陽月《さんようげつ》、肆陽月《しようげつ》である。そして、週は六日、一月《ひと》は五週間で三十日になる。因《ちな》みに一日は地球と同じ二十四時間だ』

「ふーん、日本と少し似ているわね。先月が初風月なら今は次風月で春の季節ということね」

『まぁ、暦《こよみ》など人が作ったもの、我らにはあまり意味はないのだが……』

私は説明を受け、そんな暦覚えられんわ、と心の中で思ったがとりあえず自分の……この身体の……生まれ月くらいは記憶しておくことにした。

――初風月三の日が私の誕生日と。

『さて、それでは参ろうか？　某の背に乗るがよい』

グレンはそう言うと二メートルくらいの大きさになり、背には一対の白い羽が天に向かって出現した。そして、私が乗りやすいように屈《かが》んでくれた。

「えーっ！　羽が生えた！　それにグレンって大きくなれるんだね。やっぱり神獣なんだね！　ところでどこに行くの？」

私は目を丸くして驚きながらグレンに尋ねた。こうして見ると、もはや猫というよりも白くて羽が生えた大きな豹《ひょう》にしか見えない。

『其方の夢の家だ』

夢の家？　はて？　私の頭の中ははてなマークでいっぱいになったけど、とりあえずグレンの背中に乗った。こんな不気味な場所にいつまでもいたくない。

グレンのもふもふの背中はとてもふかふかして温かい。周りの景色が見えなくなるほどの速さで進むけど、なんらかのガードが施されているのか私の顔に強い風が当たることはなかった。

「ねぇ、グレンって神獣で精神生命体だったよね。なんで私グレンに触れて、こうして乗ることができるの？」

『ああ、それはだなぁ、この世界は地球ではなくアスティアーテでラシフィーヌ様の神力が及ぶ場所だからだよ。神力にこの世界のエネルギーを圧縮させて肉体に変換させているのだ』

「ふーん、そうなんだ」

グレンの背中に乗りながら、なんとはなしに不思議に思ったことを尋ねた。グレンの言っていることは分かったような分からないような感じだけど、そういうものだと理解することにした。

景色がハッキリ見えないほどの速さで走り続けるグレン。

灰色の景色はいつの間にか緑色が多くなっていた。どれくらいの距離を走り続けてきたのだろうか？

徐々にグレンの走る速さが緩んで遠くには木々が生い茂っているのが見えてきた。

草原の向こうにはどうやら森があるようだ。空は雲一つない青空が広がっており、地球の空となんら変わりがない。とてもここが異世界だなんて俄《にわか》には信じられない風景だ。

どうやらこの世界の全てが最初に見た景色の通りというわけではなかったようだ。あの景色がどの場所か分からないけど、そのことに少し安心した。

纏う空気が肌に伝わり温度を感じることができる。

陽の光が明るい割に気温はそれほど高くない。太陽が真上にあることを考えると時間は昼前後のように思える。

ぐんぐんと森が近づいてきた。近づいているのは私たちの方なんだけどね……

気がつくと視界が木々で埋め尽くされていた。森の入り口からは幅二メートルほどの、土を踏み固めたような道が見える。そこから森の中に入り、途中から分かれた細い小道を進んでいく。

よく見ないと見落としそうなくらい細い道だ。

少し進むと、目の前の木々の間に赤い大きな三角屋根に白い煉瓦《れんが》の家が現れたのだった。

「こっ、これは………」

私はグレンの背中に乗ったまま、目の前に現れた赤い三角屋根の家の前で言葉を失った。

正面は店舗の入り口で両開きのドアになっているようで、前世で私が夢に描いていた家にそっくりだった。二階を見ればそこもまた私が描いていた通り、ちゃんとフラワーボックスまである。

フラワーボックスには、ここからでは種類が分からないけど黄色と紫の花が見える。二階は住居になっているのだろう。私の理想を再現したような建物に心が躍る。

『ラシフィーヌ様が準備してくださったのだ』

「ラシフィーヌ様？　ああ、あの胡散臭……綺麗な女神様ね」

『そうだ、其方の夢の記憶を見て理想の家を創造してくださったのだ。家の中の機能もカリンの記憶を読み取って完備してあるからすぐに住めるぞ。ラシフィーヌ様は創造の女神様故』

「え？　そうなの？」

目の前の可愛らしい建物を見つめ、言葉にできないほど感動した。

瞳が潤んでしまうのを抑えきれない。

私は、ここに来て初めて心の中で女神様に感謝の言葉を告げた。

――ラシフィーヌ様、ありがとうございます。

『この家は結界が張られており害意を持つ者には見えないようになっておる。では、早速中に入って確かめるがよい』

私は、グレンの言葉を受けて、正面にある赤銅色《しゃくどう》の両開きドアに手をかけた。ふと見るとドアには「クローズド」と書かれたプレートがかかっていた。裏返してみると「オープン」という文字が書いてあった。

このプレートのオープンの方を表面にすると、森の広い道からこの家に繋《つな》がる小道の分岐点にこの店への案内板が現れるそうだ。

『この家自体が魔導具《まどうぐ》のようなものだ』

「魔導具……」

グレンの言葉を聞いて、魔導具という異世界らしい言葉に期待感が膨らんだ。きっと傍《はた》から見ると、私の瞳はキラキラと輝いていたに違いない。

ラシフィーヌ様は本当に私の夢を叶えるために尽力してくれたみたいだ。

「あれ？　私、この世界の文字が読める？」

『それはカリンの身体の記憶であろう。文字も読めるし、言葉も分かると思うぞ』

グレンは、身体に刻み込まれた記憶はたとえ魂が抜けても消えることはないと言った。

そういえば前世でも生体移植をする時、記憶転移といって臓器移植の提供者《ドナー》の記憶の一部が受領者《レシピエント》に移るという現象を耳にしたことがある。それは、記憶だけではなく、趣味、嗜好《しこう》、性格などもドナーの影響を受けるという。

そう考えると、もしかして私もこの身体が持つ記憶の影響を受けるのだろうか？

「今考えても答えが出るわけではないし、後で考えよっと」

思考の海に沈みそうになった意識を現実に戻して、家の中に足を踏み入れた。

この家が私の物だと思うとワクワク感が止まらない。

グレンは普通の猫サイズになってから私の後を付いてくる。

中に入ると三畳ほどのエントランスがあり、その先に白い両開きの内扉があった。

左右には男性用と女性用のトイレがある。

掃除が大変だなぁと呟くと、グレンが『この家自体に自動洗浄機能が付いているから掃除の必要はない』と言った。

ブラボー！

思わず心の中で叫んでしまった。

私は料理は得意だけど、掃除があまり得意ではない。なんとありがたい機能だろうか。

それだけで私の中でこの家の価値が数段上がったのだった。

白い内扉の両側には、花を模した淡い彩りのステンドグラスがあり、おしゃれな雰囲気を醸し出している。

内扉はスイングドアで、押して手を離すと元の位置に戻るタイプだ。

スイングドアを押し開けて中に入ると、八畳くらいの広さの店内に四人がけの客席が三セット、その奥にカウンターテーブルがあり対面で調理をするようになっていた。

カウンターテーブルには五つの足の長い椅子が置かれている。カウンターテーブルの左側には調理スペースへの入り口、その反対側にはケーキを陳列するためのガラスケースが置かれていた。

ここに持ち帰り用の手作りケーキを並べて販売できるようだ。

調理台は前世でもおなじみのシステムキッチン仕様。そして、その後ろにカップボード、その中央には茶色い煉瓦のオーブンが存在を主張していた。

店内は私が前世でオープン間近だった店の造りにそっくりだった。

調理スペースの奥には左右の壁に沿うように下がり壁で仕切られた一間ほどの空間があり、右側には八畳くらいのパントリー、左側には六畳ほどの部屋に二階へ上がる階段がある。

パントリーが家庭のものより広めなのは、お店を営むためには色々とストックしておく物が多いからだろう。

パントリー内には銀色の二つの扉があった。ステンレスのような金属で作られているように見える。実際にはどんな素材かは分からない。異世界だし……

『左が食品庫で右が調理魔導具。カリンの前世で言う電子レンジのようなものだ』

グレンの説明を受けて見てみると、魔導レンジ（勝手にそう呼ぶことにした）にはつまみみたいなものと赤、青、緑、黒の四つのボタンが付いている。

「このボタンは何かしら？」

『赤が温め、青が冷やし、緑が乾燥、黒が熟成だ』

「まぁ、電子レンジよりも優れているのね」

『ラシフィーヌ様がカリンの記憶にあった電子レンジにもっと機能を付けてアレンジしたのだ』

これはいい！　温めたり、冷やしたり、さらに熟成によって発酵食品が作れる！　と思う。

まずは、味噌《みそ》と醤油《しょうゆ》よね。日本人としてはこれは外せない。でも難しいかなぁ？

それと、梅干しに、漬け物……

色々と作りたい物を頭の中で考えながら他の場所も確認していく。

収納棚には見覚えのある調理器具類と食器が収納されていた。

フードプロセッサーにミキサーのような物まである。さっきグレンが私の記憶にあったものを読み取って再現したと言っていたから、多分機能は予想通りに違いない。

でも、前世と違うのは電気で動くのではなく魔力で動くということらしい。

パントリーの手前の左側の壁には勝手口らしきドアがある。普段はここから出入りするといいだろう。

その反対側の六畳くらいの部屋には丸テーブルと棚があり、ここは休憩スペースのようだ。その奥には螺旋《らせん》階段があり、早速二階に上っていく。

二階はやはり住居スペースのようだ。階段を上った先には白い木でできたシンプルな三つの扉があった。まずは左にあるドアを開けてみた。

六畳ほどの広さに本棚と机、それに小さめのソファーセットが置かれており、どうやら書斎のようだ。

そういえば、前世で夢の家を妄想していた時、仕事部屋が欲しいなぁと考えていたことを思い出した。もしかしたらそのことが反映されたのかもしれない。

次に真ん中の部屋のドアを開けた。

そこにはセミダブルほどの大きさのベッドがあり、クローゼットにドレッサーまであった。ここは寝室だろう。

では、転生してから気になっていた自分の容姿を確認することにしよう。白木に花の彫刻が施されたドレッサーに近寄り、鏡を覗く。

藍色の髪、瑠璃《るり》色の瞳は明らかに日本人にはない色だった。

命の泉の水のお陰で多少は回復したものの、頬は痩《こ》け、目は窪み、手足はやせ細って明らかに栄養失調気味だということが分かる。それにしても綺麗な瞳だ。

ちゃんと栄養を取って年相応の身体になれば、それなりに美少女になるだろう。今着ている服は襤褸《ぼろ》だし、髪の毛や肌は汚れてくすんでいるが……

う〜ん、お風呂に入りたいなぁ。

衛生大国日本に住んでいた私としては、この汚れは耐え難いものだった。でも、とりあえず家の中のチェックを続ける。

グレンは色々説明しながら私の後ろを付いてくる。

「着替えとかあるのかしら？　さすがにこの服は汚れすぎだから着替えが欲しいんだけど」

『ならばそこのクローゼットとタンスの中の物が役に立つぞ』

私はグレンの言葉を受けてクローゼットの扉とタンスの引き出しを開けてみた。

クローゼットやタンスの中には何やら白い糸玉がたくさん積まれていた。

え？　意味分からないんですけど……

私は糸玉を手に取りジッと眺めた。どう見てもただの糸玉だ。

「何これ？」

『それは女郎蜘蛛《アラクネ》の糸だ。ラシフィーヌ様からの贈り物の一つだ。その糸で好きな衣服をこしらえるがよい』

女郎蜘蛛《アラクネ》？　ギリシャ神話ではあの闘いの女神アテナに蜘蛛にされて延々と機織《はたお》りをし続けることになったあの女郎蜘蛛《アラクネ》？　とは関係ないかぁ。で、糸から服って意味分かんないんですけどぉ！

それにしても、それってつまり蜘蛛の糸、ということよね。いや前世では芋虫……正確には蚕《かいこ》……の繭《まゆ》から作られた絹も高級品としてあったから問題ないのか？

ふと我に返り、肝心なことをグレンに尋ねることにした。

「どうやって服を作れと？」

『ラシフィーヌ様から恩寵を授かったカリンなら、魔力を使って創造の魔法が使えるはずだ』

「えっ？　魔法？　私にも魔力があるの？」

『この世界の者には少なからず魔力が宿っている。カリンも例外ではない。いや、それ以上にラシフィーヌ様の恩寵により、カリンの魔力は他の者よりも強いと言える。転生させる際に、ラシフィーヌ様の魔力が付与された故、殆《ほとん》どの生活魔法と創造魔法が使えると思うぞ』

「まじで？」

グレンの言葉に私の目は輝いた。私にも魔法が使える。

前世ではファンタジー世界の定番だった魔法……なんて夢のある響きだろう。それが私にも使えるなんて……しかも生活魔法に創造魔法……

生活魔法とは普通に生活するための魔法で、火を出したり水を出したり明かりを点けたりできる魔法らしい。創造魔法とは物を作る魔法だということだ。でも女神様と違って、必要な材料がなければ作ることはできないみたい。

「どうやったら魔法で服が作れるの？」

『自分の中にある魔力の流れを感じるのだ。そうだな、前世で言うところの「丹田《たんでん》」に何かを感じないか？』

私はグレンの言葉を受けて目を瞑《つむ》り丹田を意識した。

丹田は三カ所。額にある上丹田、胸の真ん中辺りにある中丹田、下腹部にある下丹田である。身体の中心に垂直に並んでいるのだ。

私は前世でダイエットのためにヨガをしていた時にこの丹田について学習した経験がある。なんせ、食べ歩きが趣味だったのでダイエットは切実な問題だったのだ。ヨガでは下腹部にある下丹田を意識して呼吸する。

そのお陰かは分からないけど、丹田を意識するとそこを中心に僅かな熱を感じた。

「なんか身体の中から熱が帯びてくる感じがするわ」

『それが魔力だ。魔力を感じたら手のひらに流すように導き、魔力を集めるのだ。ゆっくりと』

身体の中から湧き上がる熱に集中する。手のひらを上にして両腕を肩の高さに持ち上げると熱が移動し、魔力が集まってくるのを感じた。目を開けてみると手のひらが光を纏っていた。

『よし、魔力が集まったようだな。それでは、自分の欲しい物を頭の中で描くのだ。できるだけ細かくな。イメージが固定したらその手のひらを女郎蜘蛛《アラクネ》の糸に向けて魔力を放出するのだ』

私はグレンの言葉の通りに手のひらを糸玉に向けた。

動きやすくて、伸縮性があって着やすい服がいいわね。

私は着たい服をイメージした。

手のひらに纏っていた光は次第に魔法陣のような形になり、徐々に複雑な文様を描き始めた。

文様の構築が終了すると、魔法陣から放たれた淡い光が女郎蜘蛛《アラクネ》の糸を包んだ。

女郎蜘蛛《アラクネ》の糸が光に包まれ視認できなくなったかと思ったら、徐々に光が消えていく。

光が消えた場所には私が思い描いた膝上くらいのチュニックが存在していた。

「できたぁ！」

あまりの感動に大きな声を上げてしまった。

それから私は、同じようにスパッツ、パジャマ、下着、タオルなどの基本的な物を三枚ずつ作っていった。

ついでに、今後料理をすることを考えてシンプルなエプロンも追加した。

触れてみてビックリ。肌触りがいいというかよすぎるというか……もしかしてこの世界の女郎蜘蛛《アラクネ》の糸というのは高級品なのかもしれない。絹よりも肌触りがいいような気がするのは気のせいだと思いたい。

だって、絹の下着はともかくとして、絹のチュニックにスパッツってどんな高級志向なのよって思う。正確には絹ではないけど……

まぁ、いいかぁ……これしかないんだし。

私は即座にスルーすることにした。

それと室内履き。これ重要。もちろんこれも女郎蜘蛛《アラクネ》の糸を使う。これしかないし……(二度目)。

今はこの身体が最初から履いていた革の靴のままだった。汚れているけど破損してはいないようだから洗えばまだ履けるだろう。

元日本人としては、家の中でずっと靴を履いているのはいただけない。スリッパではなくて底を厚めにした踵《かかと》まである室内履きを創造した。

でも、気になるのが全部白いということ。まぁそれは追々考えるとして、私はこの身体に宿ってからずっと気になっていることを解決することにした。

それは元日本人としては耐え難いこと……

身体が異常に汚れていて髪は指が通らないほどベタベタで軋《きし》んでいる。

自分自身から嫌な臭いがするほどだ。

これをなんとかしなければならない。

そう、お風呂だ。

この家にお風呂、あるよね？　衛生大国日本で生きていた私としてはお風呂は重大な問題だ。

寝室から出ると右側のドアを開けてみた。右側に洗面台とその隣に洗濯機らしきものがあり、左側にはトイレへのドアがあった。

正面の引き戸をスライドさせると脱衣所らしき空間、さらにその奥にも引き戸がある。

脱衣所の奥にある引き戸……

期待を胸にそっと引き戸を開けると……

えっ？　この匂い……まっ、まさか！　檜《ひのき》のお風呂！　竹筒のような物からお湯が出ている。もしかして！

「温泉!?」

『カリンが夢に思い描いていただろ？』

グレンの言葉で思い出した。そういえば、もし家を建てるなら温泉付きがいいなぁ、って思ってたわ！　でも現実には難しいから諦めていたのよ。

なんか感動のあまり目がうるうるしてくるのを感じる。

浴室にはちゃんとシャワーも付いている。

「至れり尽くせりね～」

私はそう呟きながら喜々として寝室に戻り、クローゼットの引き出しからさっき作ったばかりの下着とチュニック、スパッツ、タオルを手に早速お風呂に入ることにした。

「う～ん、石鹸やシャンプーが欲しいところね。この世界にないのかしら？　後で作ろうかなぁ？なんてったって私には女神様からもらった恩寵があるからね」

それでもなんとか熱めのお湯で身体と髪を洗い、大分サッパリした。

はぁ～。気持ちいい……

なんで温泉に入るとおっさんみたいな声が出るのかねぇ？　そう疑問に思いつつお湯に浸かりリ

ラックスする。

お風呂から上がると早速さっき作ったチュニックとスパッツを着て室内履きを履く。

お風呂の戸を閉めた途端、中から雨が降るような音が聞こえて一瞬光った。

「雷？」

『いやこれは自動洗浄機能だ。お風呂を使った後勝手にその機能が作動するようになっている。風呂だけではない。家全体に自動洗浄機能、自動空調機能がある』

なんて便利！　ということは、いつでも綺麗で快適な温度で生活できるのね。私は寒さも暑さも苦手だから超嬉しい！　本当になんて便利！　ラシフィーヌ様、本当にありがとう。私はまたもや胸の前で手を合わせ感謝の言葉を述べた。

さて、身体も綺麗になったし次は腹を満たす必要がある。こんなやせ細った身体だとすぐに死んじゃうからね。

とりあえず、食べ物があるか物色してみるかぁ……

私は、グレンと共に螺旋階段を下りて厨房に向かったのだった。

◇◆◇

一階の厨房は、前世で開店準備をしていた店舗にあったものと見た感じ変わらないようだ。店のカウンターを挟んでシステムキッチンに作業台がある。

でも材料がないから何も作れない。

「まずはなんか食べないといけないわね……この家の周りに木の実とか果実とかないかしら？」

別にそんなにお腹が空いているわけではない。今は興奮状態だからなのか、グレンが出してくれた命の泉の水のお陰なのか分からないが。

だからといって何も食べないわけにはいかない。この身体が飢餓状態であることに変わりはないのだから。

悩んでいると不意にグレンが私の目の前に浮かんだ。

『案ずるな。神の庭に行けば果実を手に入れることができる。まずはそこへ行くといいだろう』

「神の庭？」

私はグレンの言葉の意味を掴めず首を傾げた。

『そう、神の庭だ。こっちだ、付いてくるがよい』

なんだか知らないが、グレンが促すので私はその後を黙って付いていく。

グレンが向かったのは、休憩室の奥にあるさっき下りてきたばかりの螺旋階段だった。その螺旋階段の脇を通り過ぎ、奥の壁の前で止まった。

『さあ、この壁に手のひらを当て魔力を流すのだ』

私はグレンの言うままに壁に手のひらを当て目を瞑って集中してから魔力を流した。

すると、魔法陣の光が浮き上がり、今まで何もなかった壁に突然白い扉が現れた。

「こっ、これは……」

私はあまりの驚きに声を失った。

『さぁ、その扉を開けてみるがよい』

グレンの声を受けて私はそっと取っ手を回し、戸を開けた。すると下に続く階段が現れた。

「地下室？」

グレンは私の問いに頷くと、階段を軽やかに下りていく。私は一瞬躊躇《ちゅうちょ》したが、思い切ってグレンの後に付いていった。

階段を下りた突き当たりには銀色の扉があり、心なしか光を帯びているように見えた。

『さあ、この扉に再び手のひらを当てるのだ』

さっきと同じようにグレンに促されるまま、扉に手のひらを当てた。

すると、眩《まぶ》しいほどに扉が光り、目の前には言葉では言い表せないほど美しい景色が広がっていた。

風光明媚《めいび》。その言葉が真っ先に頭に浮かんだ。

学生の頃、こんな四文字熟語使う時あるのかな？　と疑問に思いながら勉強してたけど、あったわ、今。そんなことを思いながら現実とはかけ離れた景色をじっくり眺める。

色とりどりの花々が咲き乱れ、木々には様々な果実が生《な》っている。太陽は見当たらないのに水色の空からは淡い光が差し、空気がキラキラ輝いているようだ。

信じられない。本当に信じられない。私は暫《しばら》く声を出すことも忘れて、その風景に見とれてしまった。あまりにも美しく清浄さも感じるその景色は天国だと言われても不思議ではない。

「えっ？　ここって地下室だよね？」

ついつい辺りを見回す私。

『神の庭の一部をここに繋げたのだ』

私の言葉を受けたグレンが答えてくれたのだが、私はあまりのことにすぐに意味を捉えることができなかった。

「えっ？　神の庭？　だから何それ？」

『其方の食生活を補うためにラシフィーヌ様が用意されたのだ。この場所にはラシフィーヌ様が地球を参考に再現した果実が実っている。とはいえ、あくまでも地球のものをそのまま持ってこられるわけではない。アスティアーテに現存しているもので代用しているに過ぎない。それでも、神の庭で育っているだけで味も栄養価も格段によいのだが』

グレンの言葉を聞いた私は、周辺を見回した。木々には様々な色を纏った果実が風景を彩っている。

『とりあえず、目に留まった果実を食すがよい。カリンに足りない栄養を補ってくれるだろう。それに身体を回復させる効果もあるのだ。因みにこの場所は他の人間が踏み入ることはできない。ラシフィーヌ様の加護を持つ其方だけがここに立ち入ることを許されたのだ。もちろん、神獣である某はいつでもここに来ることができるのは言うまでもないがな』

なんかそれってとってもすごいことのような気がする。身体を回復させるって、これはそうそう世に出してはいけない食べ物かもしれない。

でも、今は深く考えずありがたく果実をいただくことにしよう。私の身体は死から蘇ったばかりなのだ。身体の回復は私にとって最重要事項だ。

そう結論づけて神の庭に一歩踏み出そうとしたが、ふと気づいた。

「あっ、でも私、室内履きのままだわ」

『心配するでない。そのままでよい。神の庭では汚れることはないからな』

グレンの言葉に安心して神の庭に足を踏み入れた。

木に生っている様々な果実。前世で馴染みのある形のものからちょっと似ているけど僅かに違うものなど様々な種類の果実が生る木を眺めていく。

『これなどどうだ？』

グレンがそう言って口にくわえて運んできたのは、赤く熟したプラムのような果実だった。口元に持っていくと甘い香りがする。私はそれにかぶりつき口に含んだ。瑞々《みずみず》しく甘酸っぱい味が口の中に広がった。

「美味しい！」

私はそう言うとあっという間にその果実を食べきってしまった。そこでふと、気づいた。

「あれ？　この果物、種がなかった」

『ああ、神の庭の植物は枯れることもないし、果実をもいでもすぐに同じ場所に同じ果実が生るからな。種は必要ないのだ』

「なるほど～」

増やさなくてもなくなることがないのなら、そりゃあ種は必要ないよね。私は妙に納得しながら木々の間を縫うように歩を進めた。

少し行くと開けた場所があり、そこには小さな白い石造りのガゼボが周りの景色に調和するように存在していた。

様々な色を成す果実の木に囲まれているそのガゼボの中には、白い丸テーブルと可愛らしい椅子が備え付けてあった。私は近づくと早速その椅子に腰かけた。

『暫《しば》し待たれよ』

グレンはそう私に声をかけると、足早に木々の中を駆け巡り、色とりどりの果実をどんどんガゼボの中の白い丸テーブルに置いていった。

「すごい！　見たこともない果物がたくさんあるのね」

私はこんもりと盛られたうちの一つ、手のひらに乗るほどの楕円《だえん》形の黄色い果実を取り、香りを嗅《か》いでみた。仄かに甘い香りに覚えがあるような気がして、思わずそのまま一口囓《かじ》ってみた。

「やっぱり思った通りの味だわ！　これも美味しい！」

口の中に広がる甘みは前世で食べたバナナに似ているが、若干スッキリとした後味だ。それでももったりした食感と香りはバナナそっくりである。

神の庭の果実であるせいか、皮ごと食べてもなんの問題もなく美味しく食べられた。

最後にオレンジ色の小さなリンゴのような果実を食べると、元々小さな身体の私はすっかりお腹いっぱいになってしまった。

充分に果実を堪能《たんのう》した私は、もう一度周りの景色を見回した。天国のような自然に溢《あふ》れたこの景色、収穫してもすぐに生る果実、本当に神の庭に相応《ふさわ》しいといえるこの場所をラシフィーヌ様が私に提供してくれたことに感謝した。

「グレン、ごめんね。せっかくたくさん取ってきてくれたのに、もうお腹いっぱいで食べられないわ。でも、残したら勿体《もったい》ないわね……」

『心配無用だ。時間停止機能がある食品庫に保管すれば問題ない』

ションボリする私にグレンがとんでもないことを告げた。

「えっ？　時間停止機能？」

グレンが言うには、パントリーにあった食品庫には時間停止機能が付いているらしい。そこに食品を入れておけば、入れた時の状態のまま食品を永遠に保存できるというのだ。

つまり、採れたての果物は採れたてのままに、作りたての料理は作りたてのままに保存できるそうだ。

そうか、あの食品庫はただの食品庫ではなかったのね。

それにしても家の中が広すぎると感じるのは気のせいだろうか。いや、広すぎるから不満があるわけではない。でも、最初に見たこの家の外観を思い出すと、家の中がこんなに広いのはおかしいのだ。

いや、そもそも神の庭があること自体おかしいのだが。

しかし、それを除いたとしても広すぎるのではないだろうか？

グレンにその疑問を問うた。

「ねぇ、ちょっと疑問なんだけど。この家の中って外観よりもなんかとても広い感じがするんだけど……」

『それはそうだろう。ラシフィーヌ様がこの家を創造する際、空間拡張機能を施しておるからな』

「え？　そんなこともできるの？　さすが女神様！」

今さらながらにラシフィーヌ様のすごさを実感した。

――――ラシフィーヌ様、重ね重ねありがとうございます。胡散臭いとか思ってごめんなさい。

私は心の中でラシフィーヌ様にお礼と謝罪を述べながら、グレンを伴って多すぎる果物と共に厨房へと向かった。

因みに果物は持ちきれないので魔法で浮かせて運んでいる。

魔法……便利すぎる。

◇◆◇

「平皿、スープ皿、コップがそれぞれ一個ずつあるわね……これもラシフィーヌ様作よねぇ……」

パントリーの棚を一段ずつ確認していると、目の前の棚の上に黒くて平べったい板のような物が置いてあることに気づいた。

スマホの倍くらいの大きさで角が少し丸くなっている。片手で簡単に持ち上げられ、とても軽い。棚に置かれていた時は黒く見えたのに、手で持つと若干透き通って見えた。

「なんだろう？　これ……」

『それは情報を得るための魔導具だ』

「えっ？　魔導具？　もしかしてスマホみたいな物？」

『まぁ、似ていると言えば似ているかもしれんが、通信機能は付いていない。その板に魔力を流し、知りたいことを心の中で唱えれば教えてくれるのだ。アスティアーテの情報も地球の情報も得ることができるぞ。地球に関しては某が五千年ほど調査した故、情報量は十分であろう』

私が小首を傾げて疑問を投げかけると、グレンがすぐに教えてくれた。

それよりも、グレンが五千年も前から地球に来ていたことに驚いた。地球のことを私より知っているんだろうな。特に私、歴史が苦手だったし……

でも、このタブレットみたいな魔導具があれば情報を取得できるから問題ないわね。

さて、それでは早速タブレットに聞いてみよう。

まずは……

――私が今いる場所はなんていう国かしら?

私は一番気になっていることをその魔導具に向かって心の中で唱えた。

ティディアール王国。人口三千万人。人口、面積共全世界第三位。

「へぇ～、私ってばかなりの大国に転生したのね」

――私がいるこの森について教えて、そうね、場所とか名称があれば。

ティディアール王国の王都グレサリアから南へ馬車で五日、タングステン領の東、ヨダの町の近くにある森でガイストの森と呼ばれている。

「なるほど、なるほど。ということは、ここから一番近い町がヨダの町ということね。王都から結構離れた場所のようだから、それほど大きな町でもないのかしら？　色々落ち着いたら行ってみよーっと！　それにしても地図まで表示されるなんて至れり尽くせりね」

私は、タブレットみたいな魔導具を見つめ口角を上げた。

さらに、色々この世界やこの国のことについて調べた。そのお陰でこの世界やこの国の基礎知識が備わったのではないかと思う。

この世界には大きく分けて三つの大陸がある。その中でも最も大きな大陸、テネシン大陸にある国がこのティディアール王国だ。ティディアール王国はこのテネシン大陸では二番目に大きな国だ。では、この世界で最も大きな国はというと、大陸一つが一つの国として存在するテルル連邦国である。テルル連邦国には様々な人種が居住しているらしい。

前世で言えばアメリカ合衆国がそれに当たるのではないだろうか？　と勝手に想像してしまった。

この世界の国々は基本的に封建国家である。つまり、権力を中心に主従関係が構成された政治により統治されている。王族の下には貴族が傅《かしず》き、その下には平民が傅く。

う～ん、封建制かぁ～。これって前世の歴史を鑑《かんが》みるとそのうち廃《すた》れるのでは？　まぁ、この世界は前世よりも大分遅れているようだし、魔法もあるようだからそうとは限らないのかしら……？

封建制とはいえ上に立つ者が賢王であれば国民は幸せに暮らせるのだろうけど……ここに来たばかりでまだこの国がよい国かどうかは分からない。

まあ、少しずつ知ればいいか。時間はたっぷりあるのだから……

小説や映画では横柄《おうへい》な王族や貴族のことが描かれていたりしたけど、いるんだろうなぁ、そういう人たち。

地図を見る限りこの場所は王都から結構離れているみたいだから、そうそう関わることはないだろうけど、権力者に近づくと碌《ろく》なことにならないような気がする。あまり関わらないようにしよーっと！

この世界では目立たず、まったりとした日常を過ごそうと決心した瞬間だった。

で、この世界で生きていくために肝心なこと、お金についても調べてみた。

この国の貨幣は、銅貨、銀貨、金貨、白金貨、黒金貨の五種類である。

銅貨一枚が百ロンで日本円換算で百円である。つまり、ロンと円は通貨単位名が違うだけで同じ価値のようだ。銀貨一枚が千ロン、金貨一枚が一万ロン、白金貨一枚が十万ロン、黒金貨一枚が百万ロンの価値がある。

そして、一般庶民の一月の生活費は約五万ロン、つまり日本円で五万円だ。

因みに、この世界ではどの国でも貨幣価値は同じのようだ。ただし、作られた国によってコインに施されている絵柄が違う。

で、ここで重要な問題がある。今、私にはお金がない。神の庭に果物があるから飢え死にすることはないだろうが、それだけでは料理することができない。つまり、せっかく女神様からいただいたお店をオープンすることができないのだ。

何か売れる物はないだろうか？　そう思って寝室へ行って家捜《やさが》しすることにした。女神様からいただいた物だけど売ってもいいよね？

寝室に入り、まずはタンスの中身からチェックする。

「ん？　あれ？　さっきこんな物あったっけ？」

私はタンスの上に置いてある木でできた熊らしき頭が付いている円柱の置物を手に取った。熊の頭はリアルすぎてなんだか可愛くない。高さは二十センチメートルくらいある。持ち上げる時にジャラッと音がした。中に何か入っているみたいだ。

「中が空洞になっているのかなぁ？　どうやって開けるのだろう？」

私がおもむろに熊の頭を引っ張ると、ポコッという音と共に簡単に取れてしまった。中には銀色のコインがいくつも入っていた。

「えっ？　お金？　なんで？」

暫し固まったが、前世の記憶が蘇ってきた。

そういえば、前世では五百円玉貯金をしていた。プラスチックの熊の貯金箱に。もしかして、それを、この世界バージョンで女神様が再現してくれたのだろうか？

『それは前世のカリンの部屋にあった物を参考に再現した物だとラシフィーヌ様が言っていたぞ。お金も必要だろうからとな』

なるほど、やっぱり思った通りだった。

それにしてもこの熊の貯金箱は適当すぎやしないかい？　全然可愛くない。前世で北の方に旅行に行った時に木彫りの熊の置物があったけど、なんだかそれに似ているような気がする。

こんな物誰が買うのかねぇ？　とその時は思っていたけどまさか私が似たような物を手にするとは……

はぁ……。それにしてもこの貯金箱、私が前世で持っていた熊の貯金箱を模倣《もほう》した物ではないよね。だって私が持っていた貯金箱は前世でも有名な可愛い熊のキャラクターだったのだから……

女神様の趣味ってどうなってんの？

など些《いささ》か失礼なことを考えながら、ハッとした。

いやいや、肝心なのは貯金箱ではなくて中身だ。前世では確か、二十万円くらいはあったと思う。だとしたら、この中にも同じくらいの金額が入っているのかもしれない。

そう考えて、コインを全て出して数えてみた。金貨が二十枚に銀貨が五枚で、全部で二十五枚。ということは、二十万五千ロン、日本円で二十万と五千円だ。

これで買い物ができる！　私が胸の前で手を合わせ、ラシフィーヌ様に感謝の言葉を述べたのは言うまでもない。

第三話　精霊の森

チュチュッ……チュチュチュチュチュッ…………

朝の訪れを告げるような軽やかな小鳥の声が微《かす》かに木々の中に響き渡り、心地よい目覚めを促す。次第に温かくふかふかしたベッドの感触が身体に伝わってきた。少しずつ覚醒するとカーテンの隙間から漏れる淡い光が薄く開いた瞼の奥に届いた。

クリーム色の天井には丸いライトが浮かんでいるが、光は灯《とも》っていない。暗くなって明かりが必要な場合はこのライトに向かって魔力を放出すると明かりが点くようになっている。前世の照明と同じ機能だ。

今部屋を薄く照らすのは、カーテンから漏れている明かりのみだった。

「ここは……」

無意識に呟き、今の状況を思い出した。そうだ、私この世界に転生してきたんだった。

あれからなんだか疲れて眠ってしまったのだ。ベッドのシーツもかけ布団もとても手触りがよくてマットレスもふかふかしている。その気持ちよさのお陰でしっかり熟睡したようだ。

ベッドの上では、グレンが立ち上がり背伸びをしながら欠伸《あくび》をしている。こうしているとまるで本当の猫のようだ。

「ふふっ……グレンって神獣なのに眠るのね」

『今は、物体化しているため眠ることができるのだ。眠るのは気持ちのよいものだな』

私の言葉にグレンがベッドから下りながら答えた。

洗面所に行き顔を洗い身支度を整える。

ふと、鏡に映る自分を見て気づいた。

「あれ？　昨日より随分顔色がよくなっている」

頬がふっくらして艶もよく、パッチリした瑠璃色の瞳は昨日よりも澄んでいて美しい。

藍色の髪の毛もサラサラして艶があるようだ。身体を見回すと骨と皮だけだった手足も、昨日よりは肉付きがよくなっているように感じる。

「うそでしょう？　すっごい身体が回復しているんだけど！」

『ふむ、それは当然だと言えるな。命の泉の水を飲み、神の庭の果実を食すればそうなるに決まっている』

「えっ？　決まっているの？　これってものすごくやばくない？」

グレンのその言葉に私は慄《おのの》いた。

グレンは何気なく言っているが、これって普通のことじゃないよね。でもまぁ、この世界のことはまだよく知らないし今は深く考えなくていいかぁ。

元来、ことなかれ主義の私はスルーすることにした。

さて、今日はこの家の周辺を探索したいと思う。とはいえ、この家は森の入り口付近に位置する。森の入り口付近だけど危険な動物がいないとはいえない。

前世の平和な日本でさえ田舎に行くと熊の被害があったくらいだ。この世界ではどんな危険があるのか分からない。

そう考えると外に出るのはちょっと怖い。

「ねぇグレン、今日は森の中を探索したいと思うんだけど、この付近に危険な動物とかいる？」

『この家の周りにはそれほど強い動物はいないが、森の奥には魔獣がおるな。だが心配には及ばない。結界がある故。それに某よりも強い魔獣はこの世界にはおらぬからな。某の傍にも近寄ることはないであろう』

やっぱり魔獣っているんだ。さすが異世界。でも、グレンより強い魔獣はいないって、やっぱり神獣だから格が違うってことかしら？

「なら大丈夫ね。グレン、今日は森を探索するわよ」

『あい分かった』

今日は最初に着ていたシンプルな薄紫のワンピースを着て外に出ようと思う。魔導洗濯乾燥機で洗濯して汚れは落ちた。破れた場所は魔法で修復したから問題なく着られそうだ。

こうしてみると肌触りがよいので割と高価な生地を使っているのかもしれない。

女郎蜘蛛《アラクネ》の糸で作った真っ白な服はこの世界では浮いてしまうかもしれない。万が一誰かに出会った時に訝《いぶか》しがられても嫌だからね。

着替えると昨日残っていた果実を食品庫から出して朝食を取ることにした。

店内にあるカウンター席に座り、お皿に載った果実を一つ手に持ってジッと眺めた。

「この果実はなんていう名前かしら？」

『タブレットをそれに翳《かざ》して「鑑定」と唱えれば情報を取得することができるぞ』

なぬ？　あのタブレットにそんな機能が⁉　それにしてもあの四角い魔導具を私がタブレットと言うものだから、グレンの中でもタブレットという名称が定着したらしい。

私は早速楕円形の黄色い果実にタブレットを翳した。昨日食べたバナナの味に似た果実だ。タブレットを翳すと半透明の画面を通して黄色い果実を捉《とら》えた。心の中で「鑑定」と唱える。

　名称バナナヌ。生産地は南の島カタル島。ティディアール王国の最南端、クラシエ領でも僅かに生産されている。栄養価が高く甘みがある。賞味期限は約一週間。賞味期限が過ぎると黒ずみ次第に溶ける。一般市場にはあまり流通しない。貴族御用達《ごようたし》商会により入手可能。ティディアール王国の平均販売価格約一万ロン。

うん、結構やばい果実だった。これ、売ったらやばいやつだ。入手経路とか聞かれるに決まっている。表に出さないようにしよう。

次に赤くて甘酸っぱいプラムに似た果実に翳してみる。なんだか名称は予想がつくけど……

名称プラン。生産地はティディアール王国全域。春先のみ収穫可能。一般市場にも流通している。消費期限は約十日。消費期限が過ぎると苦みが増す。ティディアール王国の平均販売価格約五百ロン。

ふむふむ……なるほど名称は予想通りだけど、バナヌと比べると大分安く見える。

でも、平民の平均月収五万ロンで一個五百ロンの果実は庶民にとっては高いよねぇ～。

この果物でスイーツを作ってお店に出しても大丈夫かしら？

とりあえず保留ね。

まずは必要な材料を揃えなきゃ……

今日は森を散策する予定だから、使えそうな果実や木の実がないか探してみるのもいいわね。

「そうそう、何かバッグとかが欲しいわね、採取した物を入れるために。それにタブレットも持っていきたいしどうしようかしら？」

『ならば作ればよい。材料があればカリンならそれくらいすぐに作れると思うぞ。何せカリンはラシフィーヌ様から恩寵として創造魔法のスキルを賜《たまわ》っておるからな』

「材料？　でも何が必要か分からないわ」

『それはタブレットに聞けばいい。作りたい物を頭に浮かべてタブレットに問いかけるのだ』

なるほど、タブレットは作りたい物の材料も教えてくれるのか。私はグレンの言葉通りタブレットに問いかけた。

頭の中に欲しい物を浮かべる。肩からかけられてタブレットが余裕で入れられるサイズ。できれば荷物がたくさん入れられるといいけど、でも大きすぎるのは困る。色はそうね、淡い緑がいいかしら？

そう考えながらタブレットを持って魔力を流した。


アスタロの蔦《つた》、カリンの身長、採取場所……


すると、材料と共に採取できる場所まで表示された。地図が展開され、この家から一番近くでその素材が採取できる場所が点滅しているのだ。

「あら、意外と近いわ。この家の裏で全て材料が揃うみたいね」

厨房の奥にある勝手口から外に出てみると、爽《さわ》やかな風が頬をくすぐった。地球に比べるまでもなく空気が澄んでいることが分かる。三角屋根の家を囲む木々がこの場所が森の中だということを再認識させる。

「マイナスイオンたっぷりね」

都会の喧騒《けんそう》も人間のしがらみも忘れて田舎を旅した前世を思い出した。森の中にあるレストランで自然を満喫しながらランチを食べたことがあった。

森の中だというのに意外と人が多く、ちょっとがっかりしてしまったのを覚えている。

店側にしてみれば、人が入らなければ商売あがったりなのでそれは仕方ないのだが、仕事の時は普段から多くの人に囲まれているので旅行の時くらい人のいない静かな場所に行きたかったのだ。

前世ではインターネットとかもあったので一度話題になれば田舎でも人が集まった。

でも、この世界でこんな森ではそう簡単に人は集まらないのではないか？　この世界には多分インターネットなどないだろうし。ラシフィーヌ様は地球より大分遅れていると言っていたしね。

それにこの家は森の中心を通る広い道から少し外れている。

まぁ、それは追々考えていくとしよう。

家の裏側に回るとキラキラ光る陽光を浴びた木々が茂り、サワサワと微風が吹く度に揺れていた。足下には、深緑に輝く草が足首をくすぐる。周りを見渡しながら深呼吸をすると、澄んだ空気が体内を巡っていくのを感じた。

時折、枝から枝へ飛び移る茶色い生き物はリスのように見える。動きが速すぎてよく見えないけど……もっと高い位置を見上げると、小鳥が飛び交う度に木の葉が揺れている。

「あれっ？　何か光ってる？」

目に入ったのは木々の周りをふよふよ飛んでいる光だ。

『あぁ、精霊だな。カリンはラシフィーヌ様の加護がある故、精霊の姿が見えるのだ。この世界でも精霊が見える人間はいるが、そう多くはない』

「えっ？　あれが精霊？」

なんとファンタジーな！

私はそっとそのふよふよしている光の方に近づいていった。よく見ると光の中に小さな人型の女の子が見える。私に気がつくとニコニコ笑っている。

きっと悪意がないのが分かるのだろう。

指で突《つっ》いてみたが、すーっと通り過ぎた。実体がないのだろう。精霊はこちらを見て一瞬きょとんとした顔になったが、またニコニコ笑顔になった。

なんだかこっちまでニコニコしてしまうわね。

私は温かな気持ちになってとりあえず家の周辺を一周することにした。家の裏手には小さな泉がキラキラと陽の光を浴びてその存在を主張していた。

「あら、こんな所に泉があるのね。あの光の玉も精霊かしら？」

キラキラ光っていたのは泉の水面《みなも》だけではなかった。いくつかの丸い光がその上を舞っていた。

『いかにも。ここは水の精霊の住処《すみか》になっているようだな』

「この森には精霊がたくさんいるのね」

そう呟くと、そういえば……と思い当たった。タブレット情報でこの森は「ガイストの森」と呼ばれていると示されていた。前世では「ガイスト」とはドイツ語で精霊を意味するんだったわ。それって何か関係あるのかしら？

果物といいこの森の名称といい、地球となんらかの繋がりがあるのかもしれない。そういえばラシフィーヌ様は地球贔屓だったわね。結構地球にあったものを取り入れているのかもしれない。

私はふとそんな考えを持ちながら、まずはバッグを作るための素材を集めるため、周辺を散策することにしたのだった。

◇◆◇

タブレットには地図が表示され目的の場所が赤く点滅している。その場所を目指して歩を進める。

このタブレット、なんと手に持たなくても私の目線に合わせて浮かばせることができる。しかも、頭の中で念じれば呼び出すことができ、さらに他の人の目には見えないから密かに鑑定することもできる。

かなり高機能だね。

森の中心を通る広い通りに出ると、まばらに人が歩いているのが見えた。

おお、この世界に来て初めて人の姿を見たわ！　服装が異世界人っぽい！　まばらでも人が歩いている所を見ると、この辺りは危険な魔獣や動物がいないのだろう。

冒険者風の装いをしている人が多いように思える。チラチラと見られているような気がするが、きっと気のせいだろう。

チュニックっぽい服にパンツ姿の人もいるから、私が作ったチュニックもこの世界ではそんなにおかしくはなさそうでちょっと安心した。

真っ白じゃなければだけど……

これからご出勤かしら……？　冒険者だとしたら、魔獣討伐とか？　だとしたらグレンはこの辺りに魔獣はいないって言っていたから森の奥に行くのかしらねぇ？

「こんにちは、あなた冒険者には見えないわね。ヨダの町の子？　木の実でも採りに来たのかしら？　それとも薬草？」

私が人々の流れをボンヤリ見ていると、不意に後ろから声をかけられた。

振り向くと革鎧を身に纏い、腰に剣を携えた琥珀《こはく》色の瞳に金髪ポニーテールの美女が立っていた。

「えっ？　誰？」

「ごめんねぇ、こんな場所を可憐な少女が一人で歩いているから気になっちゃって、私はベッキー、冒険者よ。彼女たちとパーティーを組んでるの」

ベッキーは咄嗟《とっさ》に発した私の疑問に苦笑して答えながら、後ろにいる他の美女たちを目で紹介した。

やっぱり本当に冒険者なんだぁ……

心の中で感動しつつ、三人の美女たちに目を向けた。

「私はメラニー。よろしくね」

「ティアよ……」

深緑色の瞳に赤髪を三つ編みに結って黒いワンピースに黒いフードに杖を持った魔法使い風の女性はメラニー、亜麻色のショートヘアに焦茶色の瞳、薄緑のチュニックで背中に弓を背負っているのがティアというらしい。

見た目からして十代後半といったところだろうか？　多分、ベッキーが剣士、メラニーが魔法使い、ティアが弓使いかな？　まぁ、見た通りだけどね。

ニコニコ顔のベッキーとメラニーに対してティアは無表情だ。でも、悪いイメージはしない。

「ベッキーはお節介なのよ。困っている子とか見ると放っておけないのよね」

「そうなんですか？　でも大丈夫です。グレンもいるし、あっ、私の名前はカリンって言います」

私はメラニーの言葉に「困ってないし」という言葉をなんとか抑えてグレンの方を目で指し示した。

「それにしても、この辺では珍しい髪と目の色をしているのね」

「実は最近越してきたんです。だから、生まれはこの国じゃないんです」

「そう、でも赤松の群生の奥に行っちゃダメよ。その先には魔獣が出るから。あなたみたいな可憐な女の子が行ったらすぐに食べられちゃうから」

「心配してくれてありがとうございます。絶対行かないようにします」

ベッキーは私の出自のことをあまり深く聞いてこなかった。冒険者だけあって色んな場所で色んな人種を見てきたからかもしれない。でも、私の髪と瞳の色は異世界だからこんな色なのかなと思っていたけど、この国では珍しいようだ。

私は彼女たちに感謝の言葉を述べて別れた。

この辺りに魔獣がいないのは赤松の群生が結界の役割をしているかららしい。

そして、冒険者たちが森の奥に向かっているのは赤松の群生の先にある森で魔獣を討伐するためのようだ。魔獣の素材は魔導具や薬の原料になるので高く売れるのだそうだ。

私は魔獣がこの辺りに出没しない理由を聞いて妙に納得した。とはいえ、私がグレンと一緒にいる限り魔獣に出会うことはないかもしれない。

神獣であるグレンの気配は魔獣を寄せ付けないからだ。


タブレットの示す目的の道は広い通りから少しずれた場所だった。獣道《けものみち》のような細い道を一分ほど辿《たど》っていく。目的の場所には淡い緑色の蔦が絡まった大きな木が数本ランダムに並んでいた。その木々は私くらいの子が三人で腕を回しても囲めないほど太くて大きい。

「すごいわね」

私はその中の一本の木の前まで進んでいくと、あまりの太さに感動して声を漏らした。

前世でもこんな巨木には滅多《めった》にお目にかかれなかった。きっと、樹齢千年は超えているに違いない。この木の周りに螺旋《らせん》状に絡まった蔦がアスタロの蔦なのだろう。

さて困った。この蔦はしっかりと巨木に絡まり、そう簡単に採取できそうもない。

「とりあえずナイフが必要ねぇ」

私はナイフを作るための材料を調べるべく、その形状をイメージしてタブレットに魔力を流した。


蒼鉄《そうてつ》、カリンの拳二つ分。木の枝（なんでもよい）、カリンの足の大きさ。


タブレットが欲しい答えを表示してくれる。

どうでもいいが私の身体を基準に分量を示すのはどうかと思う。

それにしても蒼鉄って何？　普通の鉄とは違うのかしら？

疑問に思ったらすぐに調査。とはいっても、タブレットに聞くだけだけどね。


蒼鉄とは、アスティアーテの鉱物に含まれる鉄の一種。錆びにくく丈夫で鍛えやすいため主にナイフや剣などの武器の素材として使用される。

なるほどと頷き、早速タブレットで蒼鉄の場所を確認した。その場所は、アスタロの蔦が絡まった巨木のすぐ後ろを示していた。

巨木の後ろに回り確認すると、直径約〇・五メートル、高さ約一メートルほどの鉄岩《てついわ》が存在していた。きっとこの鉄岩に蒼鉄が含まれているのだろう。

「さて、どうしたものか？」

私は青みがかった鉄岩の前で腕を組んで考える。この大きな鉄岩からどうすれば蒼鉄を取り出せるのだろうか？

……考えていても仕方がないので、その辺りで拾った木の枝を鉄岩の上に載せてそのまま魔法を展開してみることにした。

丈夫で錆びない、そして切れやすい、手に馴染むナイフ。

そう頭の中にイメージして両手に魔力を集め、鉄岩とその上に載せた木の枝の方に向けて魔力を放出した。

手のひらに現れた光が魔法陣を形作ると、複雑な文様が現れそこから発された光が木の枝と鉄岩を覆った。

光が消えると鉄岩の上に一本のナイフがあった。

「おぉ！　できたぁ！」

私はナイフを右手に持ち天に向かって振り上げ、思わずポーズを取る。もちろん、左手は腰に当てている。

首を傾げるグレンに気づき、ふと我に返るとちょっと恥ずかしくなり、コホンと咳払《せきばら》いをして誤魔化した。

鉄岩を見ると一部が欠けたようになっている。きっとナイフの材料として使われた分だろう。

しっくりと手に馴染む自作のナイフは使い勝手がよさそうだ。早速、先ほど見つけた巨木に絡まっているアスタロの蔦をナイフで切り取った。

これでやっとバッグが作れる。でも、右手に持つナイフを見て、鞘《さや》とナイフホルダー付きのベルトが必要だと気づいた。タブレットに聞くと、丈夫なものを作るには動物の皮が必要とのこと。

え？　動物の皮って？　もしかして動物を狩って殺さなきゃならないの？

いや、無理無理無理無理！　あんな平和な国、日本で暮らしてたんだよ。無理に決まっているでしょう。そりゃあ、前世でも革製バッグとか靴とか持ってたよ。でも自分で動物を殺してその材料を調達するのとはまた違う。

そこで動物の皮以外で作れないかタブレットに聞いてみたら、耐久性は劣るけど木の皮でも作製可とのこと。

なので自作のナイフの切れ味にびびりながら近くの木の皮を剥《は》ぎ、ナイフと同じようにすぐに作製した。

できたベルトを腰に着けてナイフホルダーにナイフをセットする。なんだかこれだけで格好が様になっているような気がする。

うん、冒険者みたいね。私もこれで立派な異世界の住人。あっ、元々この身体は異世界の住人だったわ。

気を取り直して、漸くアスタロの蔦を材料に、肩かけバッグを作製することにした。

まずはイメージを膨らませる。今手にしているタブレットの倍くらいの大きさ、肩から斜めにかけて腰の位置くらいに届く長さの肩紐、丈夫で破れにくい感じ……

そこまで頭に浮かべてふと考える。

「ねぇ、グレン、このバッグに空間拡張機能を付けることはできないかしら？」

前世の異世界物小説によくあったよね、亜空間収納的なものとか……

『ああ、それくらいならできると思うぞ。なんてったってカリンの魔法はラシフィーヌ様から下賜《かし》された恩寵であるからな』

やっぱりできるんだ……さすが異世界！

「あっ、ちょっと待って！　それよりも、このバッグの中と家の中を繋げることはできないかしら？　このバッグに物を入れると直接家の中の好きな場所に収納できるようにするとか、反対に家の中にある物をこのバッグを媒介にして取り出すとか」

『なるほど。できるだろうな、なんてったってカリンの魔法は……』

「あっそう、できるのね」

私は、できることを確認するとグレンの言葉を遮った。グレンが何を言いたいか大体分かるからね。神獣様の言葉を遮るなんてどうかと思ったけど、グレンが気にしてないのでよしとしよう。

それにしても女神様の恩寵恐るべし……

では、改めて肩かけバッグを作るとしましょうか。

グレンの言葉通り、ちゃんと家と空間を繋げたバッグを作製することができた。もちろん、盗難防止対策も忘れない。私以外の人が手にしてもただの蔦製のバッグに過ぎない。万が一の対策は万全なのだ。

出来上がったバッグの中に片手を入れて家の中をイメージする。パントリーにある食品庫が頭の中に映像として展開された。試しにその中から昨日神の庭から採ってきたプランを取り出してみた。そしてまた元に戻してみる。

このバッグは魔力を流して家の中をイメージすれば家の中に繋がるが、ただ手を入れただけなら普通のバッグと変わらないのだ。

「うん、問題ないわね。これで容量を気にせず素材集めができるわ」

私は満足気に頷いた。

次の問題点を解決するための採取すべき素材を考える。

薄紫のシンプルなワンピース。腰には木の皮で作ったベルトにナイフホルダー、肩からかけているのは先ほど作ったばかりの薄緑色のバッグ、そして転生していた時から履いていた茶色い革の靴。

それが今の私の格好だった。

次はやっぱり真っ白のチュニックとスパッツをなんとかしなきゃ。

「やっぱり染料が必要ね」

まぁ、布を染めるための染料なら前世の知識でなんとかなる。草木染めとかあったしね。

あっ、でも黒く染めるための染料はどうすればいいかしら？　木炭……かしらね。

まずは草花から。

チェロという名の露草に似た小さな青い花、レティアという名の赤いパンジーに似た花、そしてヨミという名のヨモギに似た草。

タブレット情報を元に採取する。

次に木の枝から木炭を作った。

さて、早速女郎蜘蛛《アラクネ》の糸で作った服たちを染めることにしよう。

バッグに手を入れて魔力を注ぐと家の中に接続される。頭の中に浮かんだ映像を元にタンスの中にある目的の物を捉えるとバッグから引き出した。

水色、薄紅《うすべに》色、薄緑色のチュニック、黒いスパッツ……綺麗に染まった服たちを見て私は満足して顔が緩んだ。ついでにタオルも可愛く染めた。

次に必要な物は……？

そうそう、石鹸類ね。シャンプーにトリートメント、ボディーソープに食器洗い石鹸……

あと、歯ブラシ、歯磨き粉。化粧品はまだ若いから必要ないわね。でも、ローションくらいは作っておこうかしら？

う〜ん、意外と必要な物が多いわね。

とりあえず、快適なお風呂のために石鹸から作ることにしましょ。

私はタブレットに問いかける。

――石鹸の材料を教えて。できればこの近くで調達できる材料で……そうね、前世の平均的な固形石鹸の五個分くらいあるといいかな？

クルンの油二十個、ロタの草、水。

ん？　クルン？　クルンって何？　と思ってタブレットに聞いたら、前世の胡桃《くるみ》と似た木の実だった。

材料は私の希望通り近くで調達できたので、創造魔法で石鹸を作った。いい匂いのする石鹸が欲しかったので近くで採った花の香りを付けた。前世の花に例えると見た目は黄色のコスモス、香りはネメシアのようにフルーティーだ。アスティアーテでは王都の近くにあるリネアと呼ばれる森の中に咲く定番の花らしい。

次にシャンプーも作製。

材料はさっき作ったばかりの石鹸、水、蜂蜜、香り付けにリネアの花を使用する。

蜂蜜には酵素が含まれているので洗浄力が高く保湿性もある。

材料を準備して手のひらに魔力を流しイメージを膨らませると、光を帯びた複雑な魔法陣が出来上がり、その光は準備しておいたシャンプーの材料を覆った。

光が消えると僅かに黄色く色づいた液体の塊が浮いていた。それがシャンプーだ。

予《あらかじ》め作製しておいたガラスのボトルに出来上がったシャンプーを入れる。

なんとガラスの材料ってその辺にある石や砂に含まれてるんだね。材料があれば創造魔法で作製可能だからすぐに作れたよ。

あっ、蜂蜜なんだけどね、近くの木の上の方にかなり大きめのミツバチの巣を見つけたのだ。

空気砲を放ってその周りを真空状態にして気絶した蜂を一旦避《よ》けてから蜂蜜をいただいた。もちろん、その方法はタブレットに聞いたのだ。

空気砲を放ったのはグレンだけど……

ちょっと蜂が可哀想だから半分だけにした。

それでもたくさん採れたので、残った蜂蜜は多めに作製しておいた瓶に入れ、樹皮でコルクを作って蓋をした。

これは食用にするのだ。

ふふふ……

蜂さんに感謝。私は手を合わせると次の作業に移った。

できるだけ思いつく限り必要な物を作製したい。

この森、材料にこと欠かない。だから、ラシフィーヌ様はこの森に家を建ててくれたのかな？

早速、その日お風呂で手作り石鹸とシャンプーを使った。

いい香りに包まれて眠りについた私はいい夢を見られると思ったのだが、翌日の朝それが覆されてしまった。

くすんっ……

第四話　家に近づく者

『……ト……チェ…………逃げて……』

『お母様……いや……お母……様も……』

抱きしめられた細い腕。力なく掠れた声は儚《はかな》げに消えていく。

どうして？　どうしてこんなことになってしまったの？　その疑問だけが私の心を覆っていた。

私？　いえ、私じゃない……これはこの身体の記憶。

悲痛な叫びはいつしか諦念《ていねん》で溢れ、生きる力さえ失われていったこの身体に刻み込まれた記憶……


「カリン……カリン、起きるのだ」

私の頬にフニフニとした肉球の感触が伝わってきた。意識が覚醒し、うっすらと瞼を上げると目の前に心配そうに私を見つめるグレンの顔があった。

「大丈夫か？　カリン、其方泣きながらうなされておったぞ」

グレンの言葉で我に返り、そっと頬に触れてみると確かに涙で濡れていた。

ハッキリとは思い出せないが夢を見ていた。心が潰《つぶ》れそうなほどそれは悲しい夢だった。生きることさえ諦めてしまったこの身体の記憶……

私は転生する時、この身体が誰でなぜ死んだのか聞かなかった。知るのがなんだか怖かったからだ。

なぜなら、十歳にも満たない少女が餓死するって普通じゃないよね。いくら文明が地球より遅れているといってもおかしいよね。それでも、どうせ孤児で身内はもういないだろうし、それにラシフィーヌ様が生活基盤を整えてくれた上で恩寵も授けてくれるって言うから転生に同意したんだけど。

でも、今朝の夢だとなんだかもっと複雑な事情がありそうな予感が……。杞憂《きゆう》だといいけどね。

「夢を見ていたみたい。でも、もう大丈夫よ」

私はそう言ってグレンを安心させるべく微笑んだ。グレンは何か言いたそうにしていたけど結局私に何も言うことはなかった。そういえばグレンはこの身体が誰なのか知っている様子だった。神獣だしね……

まぁ、ここでぐちぐち考えても仕方ないかぁ。私にはグレンもいるしきっとなんとかなるよね。

私は心の中に広がっている悲愴《ひそう》感を振り払い、思考を反転させる。

それよりも今日はもっと範囲を広げて森の散策をしよう！　もっと色々作るための素材も集めたいし、自分の住居周辺はある程度把握しておいた方がいいしね。

洗面所で顔を洗い、今日は薄紅色のチュニックを着た。鏡に映った自分を見ると頬がふっくらして顔色が大分よくなったことに気づいた。こうして見るとかなりの美少女だ。

身支度を整えてから、朝食に神の庭で採ったプランとバナヌ、オレンジ色のリンゴを食べやすい大きさに切ってからお皿に載せた。店内のカウンター席でグレンと一緒に食べる。カウンターテーブルの上で食べているグレンを見ているとただの猫みたいで可愛い。

デザートにはプランのシャーベットを作った。そう、フルーツシャーベットだ。フルーツの朝食にフルーツで作ったデザートはどうかと思ったが、今は神の庭から採ってきた果実しかないのだから仕方がない。

前世では、ジュースでシャーベットを作ったりしていたが、今回はプランを丸ごと使った。ラシフィーヌ様が用意してくれていたミキサーで砕いてから、魔導レンジで冷やして作ったのだ。

こんな簡単なものが料理といえるかどうか分からないが、一応この世界に転生して初めて作った料理がシャーベットということになる。

砕いて冷やしただけの果物だが、食感や温度が変化するだけで別物になるから不思議だ。

魔導レンジの冷やす機能を使ったのだが、出来上がると「チン！」という前世の電子レンジと同じ音がちゃんと鳴った。

ついついその音に苦笑いしてしまった。これ、やっぱり地球の電子レンジの真似っこだよね。

グレンはシャーベットを食べた時あまりの冷たさに一瞬ビクッ！　となってとても可愛かった。

すぐにおかわりを所望《しょもう》したところを見るとかなり気に入ったのだろう。

「グレン、冷たい物を食べすぎるとお腹壊すよ」と言ってしまったけど、神獣がお腹を壊すのかどうかは分からない。まぁ、もう一杯くらいなら問題ないだろうとあげてしまったけどね。

でもなぁ、いくら神の庭の果実でもそれだけじゃなぁ……

「うーん、やっぱり食材、必要だよね。森の中にきのことかないかなぁ？　川とかあれば魚を釣ったりするのもいいかもしれない。身体が回復してきたとはいえ、まだ細いからもっと栄養を取る必要があるよね」

食事が終わって私が一人でブツブツと言っていると、グレンの身体が何かに反応したようにピクリと動いて立ち上がった。

グレンが店内にある窓の方を鋭い目つきで凝視する。

『この辺りを誰かうろついているようだな。人数は一人だけのようだが……』

「えっ？　分かるの？」

グレンの言葉に驚き、私も窓の方に顔を向けた。

窓に近づきそっと外を覗《うかが》ってみる。

『そんなにコソコソ見なくても大丈夫だぞ。外からはこの家の中は見えぬからな』

「えっ？　そうなの？　マジックミラーみたいなものかしら？」

『まぁ、そのようなものだ。この家には結界が張ってある。初めに言ったが、害意ある者はこの家を視認することはできぬ。そして、害意がなくともこの家の中を見ることもできないのだ』

「なるほど、防犯対策はバッチリだと。だから鍵も付いてないんだね」

『まぁそうだ。それにこの家にはカリンが許可した者しか入れない。しかも、カリンが家を離れていれば誰も中に入ることはできないのだ。店がオープンすれば害意がない者は客として入れるがそれは店内だけだ。厨房や住居部分などそれ以外の場所には許可が必要だ』

ラシフィーヌ様が創造したものだからこの家は安全だろうとは思っていたけど、本当に防犯対策がしっかりされているようで安心した。

それよりもこの家の周りをうろついているのがどんな人物なのか気になる。そう思って窓を見ていると、こちらを観察する私と同じくらいの歳に見える少年が目に入った。

赤みがかった金髪を耳の下辺りで短く切り揃えて、身なりは茶色のズボンにクリーム色のシャツと見るからにシンプルだ。

背中には竹で編んだような籠を背負っている。もしかしたら何かを採取しに来たのかもしれない。

「子供………」

この家に近づく者が自分と同じ子供であることに、なんだかちょっと安心してしまった。

多分、この森に一番近いヨダの町に住んでいる子供だろう。

こちらをジッと見ているということは、この家が見えているということ。なら多分害意がないのだろう。

外に出て声をかけてみようか？

私は勝手口のドアを開けて外に出た。グレンが本物の猫のようにトトトッと私の横を擦り抜けて前を歩き、少年に近づいていった。

「あっ、猫！」

少年はグレンが目に入った途端声を上げ、こちらに駆けてきた。その様子からするとこの世界でも猫は珍しくないようだ。それに地球と同じように猫という種族名らしいね。

少年のクリクリした鳶《とび》色の瞳はグレンを捉えたまま離れない。

その様子に思わず笑みをこぼし、私はグレンの後ろから少年に近づいた。

「こんにちは、君はヨダの町の子？」

なるべく愛想よく見せるため満面の笑みで声をかけた。

少年は驚いたように瞳を丸くしてジッとこちらを凝視している。

目線は私より僅かに高い。私より少し年上なのかもしれない。

「この家の子なの？」

小さな声で少年は呟くように言った。

「そうよ、最近引っ越してきたの」

「こんな所にこんな家あったかなぁ……？」

少年は私に聞こえるか聞こえないかくらいの小さな声を漏らした。

少年の言葉はスルーすることにしよう。都合の悪いことは聞こえないふりが一番無難なのだ。

「ねぇ、もしかしてこの森に何か採りに来たの？　私、ここに越してきたばかりでこの森のこと分からないの。この森って何が採れるのかしら？　教えてくれない？」

「えっと……僕は薬草を採りに……あと、木の実とかも採れる……」

私の勢いに圧倒されたのか、一歩後ずさった少年はたじろぎながら答えた。

ちょっと圧が強すぎたのかなぁ？　怯《おび》えているわけじゃないよね？　だって私はこの世界では美少女のはず……怯えるはずがない。そう自分自身に言い聞かせて謝罪の言葉を告げる。

「コホンッ、ごめんなさいね。この森に来てから初めて同じくらいの年の子に会ったから興奮してしまって……」

私は今度は声のトーンを下げ、さらに言葉を繋げる。

「あの、私カリンっていうの。八歳よ。あなたの名前はなんていうの？」

「……僕はラルク、七歳」

「そう、よろしくね」

「…………よろしく……」

私が挨拶をすると少年は戸惑いがちに挨拶を返してくれた。

私の方が年上なのに私より背が高いのは気のせいだろうか？

私がチビってことかしら？

遺伝によるものかしら？

まぁそんなことどうでもいっかぁ……

深く考えないのが私の長所である。

ラルクの見た目はお金持ちそうでもないけど貧乏そうでもない。

きっと平均的な家庭の子供なのだろう。

「やっぱりヨダの町から来たのよね？」

私はさっき言った質問を繰り返した。

「えっとぉ、僕の家はヨダの町のすぐ近くで農場をしているんだ」

「えっ？　じゃあ、もしかして牛とか鶏とか育てて、牛乳とか卵とか生産していたりするの？」

あっ、でもこの世界に牛とか鶏とかいるのかしら？　うっかり前世の動物の名を口に出してしまった私はちょっぴり後悔した。

「うん、牛も鶏もいるよ」

あっ、大丈夫だったみたい。

私の心配をよそに、ラルクはすぐに私が求める答えをくれた。

それを聞いた私はもちろん目を輝かせた。ヤッホー！　心の中で思わず叫ぶ。

この世界にも牛や鶏がいるのね。これで牛乳と卵ゲットだわ！　それに、牛乳があればバターもチーズもあるよね。だとしたらお菓子が作れるじゃない？

「じゃあ、もしかして、バターやチーズも作ってるの？」

「バター？　チーズ？」

私の質問にラルクは小首を傾げた。それを見た私は思った。えぇっ？　もしかしてバターもチーズもないの？　牛乳があるのに？

でもここは異世界だ。前世と比べてないものはきっとたくさんあるのだろう。

「あっ、なんでもないわ」

そのことに気づき、今言った言葉を取り消す。でもこの世界にないとは限らないよね。もしかしたらこの子の農場では作ってないだけかもしれないし。

もしなかったとしても牛乳があるのだから作ればいいのだ。

ここで先走ってはいけない。なんとかラルクと親しくなってこの世界のことを教えてもらい、牛乳と卵を譲ってもらおう。

いや、下心じゃないよ。やっぱり異世界でもお友達がいた方がいいし……

「ねぇ、ラルクって呼んでいいかしら？　私も一緒に薬草採取に行ってもいいかなぁ？」

「うん、いいよ」

「ほんとに？　よかったぁ！　ねぇ、ちょっと待ってて。準備するから」

ラルクが微笑んで私の同行を承諾してくれたので、私は喜々として準備をするために踵《きびす》を返した。

『某はここで待っておるぞ』

グレンはラルクに撫でられながら私に念話を飛ばしてきたので、私も『分かったわ』と念話を返した。

家の中に入ると、バッグを肩にかけてすぐにラルクの所に戻った。

「お待たせ」

「ううん、そんなに待ってないよ。ところでこの猫、なんていう名前？」

ラルクはよほど気に入ったのか、グレンから目を離さない。

『グレンだ』

「あははっ、この猫僕に返事しているみたい。でも、ニャアって言ってもなんて言ってるのか分からないよ」

グレンの声はラルクには猫の鳴き声に聞こえたらしい。グレンは突然人の言葉を話して驚かれないように対処したようだ。

「この子はグレンっていうのよ」

だから、私が代わりにラルクに答えた。

「そういえば薬草ってなんの薬草を採りに行くの？」

「母さんが腰を痛めてあまり動けないから……だから湿布と痛み止めに効く薬草を探しているの。ツワブキ草とオオバコ草という薬草なんだけど。こういうの」

ラルクは一枚の紙に描かれた薬草の絵を私に見せてくれた。あら？　なんか前世でも聞いたことがある名前ねぇ。ラシフィーヌ様、やっぱり地球贔屓だわね。

ツワブキといえば蕗《ふき》に似ている植物で、佃煮《つくだに》にすると美味しいのよねぇ。それにオオバコも料理に使えるのだ。もちろん、どちらも薬効がある。

ついつい前世で作ったレシピを思い浮かべてしまう。

私も採取しておいて後で何か作ろうかしら？

「それってどこにあるか分かるの？」

「森の奥ってだけしか……いつもは母さんと行くんだけど……道はなんとなくしか覚えてない」

私の質問にラルクは首を横に振って小さな声をこぼした。

ならば、私がタブレットで探せばいいんじゃない？　あっ、でもこのタブレットのことは知られない方がいいかなぁ？　これって女神様仕様だし、きっとこの世界にないだろうなぁ。でも、そもそもタブレットは他の人に見えないみたいだからきっと大丈夫ね。

私は早速タブレットを呼び出した。さっきラルクから聞いた薬草が生えている場所を心の中で聞いてみる。まずはツワブキ草だ。

タブレットが示した場所は意外と近くだった。

さて、どうしよう？　いきなり薬草のある場所をラルクに教えても、越してきたばかりの私が知っているのは不自然かもしれない。そう考えているとグレンの姿が目に入った。

そうだ、グレンはこの森で拾ったことにして、だからこの森のことに詳しいことにしよう。

そのことを念話でグレンに伝えて、ラルクの前でグレンに指示するように振る舞えばいい。

『ねぇ、グレン、この薬草の場所を案内するように私たちの前を歩いてくれない？』

『なるほど、構わぬぞ』

薬草の描かれた絵をラルクに借りてグレンに見せて、「これがある場所知ってる？」と聞くと私たちの少し前に躍り出る。

グレンが「ニャア」とこちらを振り向いて普通の猫のように鳴いた。

「ラルク、グレンがあっちの方にあるって言っているみたい」

「えっ？　この猫ちゃん、僕たちの言っていることが分かるの？」

「ええ、そうよ。すごく賢いでしょ？　グレンはこの森で拾ったの。だからこの森に詳しいのよ」

「へぇ、すごいね」

ラルクはなんの疑いもなく感心した様子だった。

素直ないい子だね。

◇◆◇

グレンの案内で薬草は意外とすぐに採取することができた。それほど遠くない場所にあったのも幸いだった。

「よかったね。でも、お母さん大丈夫なの？　お医者様には見せたのかしら？」

私は気になっていることをラルクに尋ねた。

「お医者様に見せるほど酷《ひど》くはないんだ。少し休めば大丈夫って言っていたから……」

小さな声でラルクが自分自身に言い聞かせるように呟いた。

「そう、でも薬草には詳しいのね」

「うん、マギーばあちゃんがね、すごく詳しいの。だから教えてもらったの」

「そうなんだ、おばあちゃんも一緒に暮らしているの？」

「うん、別棟だけどね。マギーばあちゃんもロイじいちゃんも別棟に住んでるんだ」

農場を営んでいるってさっき言っていたから、家族ぐるみでやってるのかな？

そう考えていると、大きな黒い馬が人を乗せてこちらに向かってくるのが見えた。馬の上には筋骨隆々の大柄な男性が乗っている。

前世の馬よりも大分大きいような気がする。でも、この世界の馬はそういうものなのかもしれない。なんてったって異世界だからね。

ラルクより少し短いが同じ髪色のその男性は、キョロキョロと辺りを見回していた。

深緑の瞳が私たちを捉えると、一瞬動きを止めすぐに騎乗したまま駆けてきた。

ラルクはハッとして固まっている。

「ラルク！　なんで勝手に森に来たんだ？　一人で森に行ってはいけないと言っていただろう！どんなに心配したか！」

「ごめんなさい、父さん」

男性は馬から降りるとラルクを叱りながら抱きしめた。逞《たくま》しい男性の身体に腕を回しながら涙を滲《にじ》ませるラルク。

うっ、格好いい……

この状況を無視し、意に反して思考が逸れる私。

全体的にガッシリとした体格、厚い胸板。包容力がありそうな落ち着いた雰囲気。

しかも前世で憧れていたハリウッドスターになんとなく似ている。

私はラルクとラルクの父親らしい人の会話が耳に入らないほど見とれてしまった。

そう、ラルクの父親らしいマッチョなイケメンに。

もちろん、あくまでも恋愛対象を見るような感じではなくて、スターに向けるような憧れの目線なのだが……

「君は……？」

ラルクの父親らしい男性は、ポカンとした顔で立っている私に気づき、目を留めると私に向かって尋ねた。

「こんにちは、私はカリンっていいます」

我に返って、ぺこりとお辞儀をした私に目を丸くした男性が、こちらにゆっくりと近づいてきた。

近くで見るとますます大きく見える。全体的にガッシリとした体格で身長は百九十センチはありそうだ。

見とれている場合ではない。たとえスターを見るような憧れの対象でも、ラルクの父親ならやはり奥さんであるラルクの母親もいるだろう。それにどう見ても四十歳前後に見える。そんな彼にとってきっと私はただの子供にしか見えないに違いない。

瞳の色はラルクと違うけど、同じ髪色でよく見ると顔立ちも似ている。

「カリン……というのか。私はラルクの父親のダンテという。それにしてもこんな所に一人で来たのかい？　家の人が心配しているかもしれないよ。家まで送っていこう。家はどこだい？」

どうやらかなりいい人みたい。見ず知らずの私を心配してくれているようだ。

でも、どうしよう。なんて言ったらいいのかしら？

「あっ、あの……私この森に家があるんです。この森の入り口から少し奥に脇道があってそこに……」

私がなんとか言葉を発すると、彼は目を大きく見開き私を凝視した。

「この森に……？　まさか君はこの森の精霊ではないだろうね」

「ちっ、違います！　ちゃんとした人間です！」

「ハハハッ、冗談だよ。でもこの森にそんな家あったかなぁ？」

慌てて否定した私に彼はおかしそうに笑い、首を傾げた。

ラルクと同じ疑問を口にするダンテさんに思わず親子だなぁと思ってしまった。

「まぁいい、それでは君をその家まで送っていくことにするよ。家の人が心配しているかもしれないからね」

「大丈夫です。私の家族はこの猫のグレンだけだから。私、他の国から越してきたばかりなんです。両親が亡くなって祖母が住んでいたというこの森の中にある家を修復して住んでいるんです」

ということにしておこう……

「なるほど、その髪と瞳の色はこの国では珍しいからね。それにしても両親が…………ではやっぱりあの国の生まれなのか？」

最後の方の言葉はよく聞き取れなかったけど、私の言葉にダンテさんは言葉を失ったようだった。

やっぱり私の髪と瞳の色は珍しいようだ。森で出会ったベッキーさんが言っていたように……

「あの……本当に大丈夫です。家の中は魔導具設備で充実しているし、それにお金も多少あるので……そうよね、グレン」

私がそう言ってグレンの方を見ると、グレンは「ニャア」と鳴いてその存在を主張した。

「いや、いかん！　こんな小さな子を一人にさせてはおけん！　一人じゃないと言っても猫じゃなぁ？　とりあえず私たちと一緒に来なさい。もちろんその猫も一緒でかまわん。さあ、一緒にこの馬で行こう。この馬は丈夫だから、ラルクと君が乗ってもビクともしないからね」

有無を言わさぬ口調でダンテさんはそう言って、ラルクを抱き上げ馬に乗せたかと思うと、私もいつの間にか抱き上げられて気がついたら馬の背の上に座っていた。

ラルクとダンテさんの間に挟まれる感じだ。

どっ、どうしよう。見た目はいい人そうだし、子供がいるなら大丈夫だと思うけど……

私は、憧れのスター……ではなくて、イケメンマッチョなダンテさんの温かさに戸惑いを隠せなかった。

第五話　異世界農場

『ねぇ、グレン、どう思う？　大丈夫かなぁ？』

私は念話でグレンに相談した。

『ならば、森の家が見えるかどうか試せばいい。見えるようなら害意がないということだ』

なるほど……

「あっ、あのっダンテさん！　今日はやっぱり家に送ってもらうだけで大丈夫です。家には結界が張ってあるから安全なんです。グレンが案内してくれるので後を付いていけば私の家に辿り着けます」

私は後ろに乗っているダンテさんの方に顔を向けて言った。

「ほぅ、君の猫は随分賢いんだな。ならまずは君の家まで送っていくことにするよ。君の言葉を疑うわけじゃないが、本当にその結界が大丈夫なのか実際に見ないと安心できないからね」

うん？　私はダンテさんの言った言葉に首を傾げた。

見ただけで結界が大丈夫かどうか分かるのかしら？

私たち三人を乗せた大きくて黒い馬は、森の中心にある広い通りに出て常歩《なみあし》で進む。その道を暫く行くと横道がある。私の家に続く道だ。樹木に覆われたその道は、よく見なければ見逃してしまいそうだ。

馬ではその道を通れないので、三人と一匹は歩いて進む。グレンが先頭で私、ラルク、ダンテさんの順だ。

グレンが案内する通りに行くと、目的の場所に辿り着いた。

ダンテさんは家の前に来ると「こんな所にこんな家があったとは…………」と、不思議そうな顔をして呟いていた。

ダンテさんに私の家が見えるということは、害意がないということだ。

いい人そうだと思ったけど本当にいい人のようだ。

「ふむ、確かに強力な結界が張ってあるようだな。それに認識阻害も含まれている……？」

ダンテさんは私の家をジッと見つめて何やらブツブツ言っている。

「あっ、あの……ダンテさんは結界が張ってあるかどうか分かるんですか？」

私はここぞとばかりに疑問に思っていたことを尋ねた。

「……そうだな。私は魔力の流れが分かる。だから、この家にどんな結界が張られているのかおおよそのことは分かるんだ」

ダンテさんの言葉に驚いた。

えっ？　それって、この世界の人ならみんな分かるってこと？　それともそれは特別な力で分かる人は限定されるの？　だとしたら意外とダンテさんってただ者じゃないかも……

「この家が安全だということは分かったよ。でも一度私の家に来てみないか？　私の家は農場を営んでいる。食材もたくさんあるから、君が欲しいだけあげるよ」

「ありがとうございます。農場、行ってみたいです。でも食材はちゃんと買いますから譲ってください」

「ハハハッ、君はしっかりしているね。じゃあ、このまま一緒に行こうか」

「わぁ！　カリンも僕の家に来るの？　やったぁー！」

私が一緒に行くことにしたらラルクが無邪気に喜んだ。

異世界の農場ってどんな感じ？　前世とはどこか違うのかしら？

私は初めての異世界農場に期待が膨らんだ。


森を抜けると辺り一面の草原が目に入った。草原の中に続く土を踏み固められたような道を、三人を乗せた馬は速歩《はやあし》で進んでいく。

心地よい追い風が私たちを後押しするように通り過ぎる。澄み渡る空に白い雲は前世と変わらず、ここが異世界であることが信じられないほどだ。

少し行くと、道が二つに分かれていた。左に続く道の方を見ると幌馬車がゆっくりと進んでいくのが見えた。その道はヨダの町に繋がっているとダンテさんが教えてくれた。

ダンテさんの話によると、その幌馬車は乗り合い馬車だということだ。

乗り合い馬車には二つの経路があり、さっき見た馬車はヨダの町とベスタの町を往復していて、それぞれの町から朝一と午後一に出発しているそうだ。片道半日もかかる道のりは前世の基準で考えるとかなり遠く感じる。

ベスタの町というのは、このタングステン領の領都エルドアに向かう途中にある町で、ヨダの町よりもかなり大きい町らしい。

幌馬車には魔獣を警戒して結界魔法が施され、乗客を守ってくれるそうだ。とはいえ、森の奥、つまり赤松の群生の先に行かなければ、そうそう魔獣の被害に遭うことはないそうだが、魔獣以外の野生の獣が出没することもあるそうだ。

ダンテさんが私をあんなに心配したのはそのせいもあるのだろう。

私たちは道なき道、つまり一面の草原の中を進む。

因みに右の道は港町へ続いているそうだ。

しかし、港町へは馬車で二日もかかるらしい。

海の幸〜！　とついつい心の中ではしゃいでしまった。馬車で二日はこの世界では近いのか遠いのか分からないが、前世の記憶を持つ私としては近いとは思えなかった。

グレンの背に乗っていけばもっと早く着くかしら？　とすぐにグレンに頼ってしまう私。神獣を使い魔の如く扱っている感が否めないが、グレンなら許してくれるだろう。きっと……


草原を暫く進んで次第に見えてきたのは、十センチ間隔で並ぶ三メートルもあろうかと思われる金属製のポールだった。外敵から守るために農場の周りに張り巡らされているらしい。

金属製のポールの前で止まると、ダンテさんが手を翳して魔力を放出した。すると、ポールの一部が地面に吸い込まれるように下がっていき、農場の中が見渡せるようになった。草原が広がり、その奥には牛のような動物の群れがちらりと見えた。

私たちを乗せた馬がそこを通り抜け農場内に入ると、またポールが戻った。

魔獣や盗賊などから家畜を守るために張り巡らされたポールの塀は魔導具の一種で、登録された魔力を持つ者しか通れない仕組みになっているそうだ。

これって前世よりも優れた設備ではなかろうか？

そんな疑問を「まぁ、異世界だしー」と、自分自身を無理に納得させた。細かいことにいちいちこだわっていては生きていけないのだ。

農場の中に足を踏み入れ、背の低い草に覆われたなだらかな坂道を常歩で進んでいった。次第に見えてきたのは入り口でちらりと目にした灰色の牛に似た動物の群れだった。

「見えるかい？　あそこにいる大きい牛たちは、私の農場で飼っているんだよ」

私の視線を感じたダンテさんは牛たちが草を食《は》んでいるのを指さして説明してくれた。

うん、思った通りあれは牛で間違いなかったようだ。前世の牛と色が違うけど……

草原の中で草を食む牛たちは長閑《のどか》な景色に溶け込んで農場らしさを醸《かも》し出していた。

私は穏やかな風を受けながらその風景に癒される。

んっ？

徐々に近づいてくる牛たちをジーッと見ているとなんだか違和感が………

「えっ？　でかっ！　まじででかっ！」

「そうだろう？　牛を見るのは初めてかい？」

ダンテさんはハハハッと笑っているけど、私が驚いたのはそこじゃない。

灰色の牛は色こそ違えど私が知る牛と同じ形だが、どう見ても前世の牛の二倍近くの大きさはありそうなのだ。

しかも額の真ん中辺りに小さな白い角がある。

やはり異世界の生き物は地球とは違う。

牛の群れを抜けると、三棟の平屋の家と二棟の大きな倉庫らしき建物が見えてきた。

「さぁ、着いたぞ」

真ん中にある一番大きな家の前で馬車を止めたダンテさんが笑顔で振り向いた。ラルクが馬を飛び降り、私も彼に続いた。

「こっちだよ！」

ラルクが私の手を引いて家の玄関へ向かって引っ張っていく。私は抵抗せずラルクに従ったのだった。

◇◆◇

「帰ったぞー、ラルクは無事だ！」

玄関の扉を開け、ダンテさんが家の中に向かってそう叫んだ。するとバタバタと数人の足音が聞こえた。現れたのは二人の年配の男女である。

「まぁまぁまぁ、ラルク、勝手に家を出ていっちゃダメじゃない」

そう言ってラルクを抱きしめたのは、白髪を後ろに纏めた女性だった。ふくよかで優しそうに見える。

「そうじゃぞ、みんな心配しておったんだぞ」

白い髭《ひげ》を生やしたがたいのいい男性がその後ろから声を上げた。某アニメの中でアルプスの山で小さな少女と住んでいたあのおじいさんを思い出した。

「おや、見ない顔だねお嬢さん」

ふと、私に気づいたおじいさんが問いかけた。

「ああ、この子は森で拾ったんだ。両親を亡くして一人で森に住んでるらしい。こんな小さな女の子を一人にしておけないだろ？　だから連れてきた」

ダンテさんが大きな手を私の頭にそっと乗せた。

いや、それにしても拾ったってなんだろう？　私は犬や猫じゃないんだけど。まぁ、確かにグレンの見た目は猫だけど……

それでもダンテさんの手のひらの温かさから彼の優しさが伝わった。

「はっ、初めまして、カリンっていいます。こっちは私の友達のグレンです。よろしくお願いします」

私はグレンを紹介しながら軽くお辞儀をして挨拶した。

「あらあらあら、可愛いお嬢さんね。私の名前はマギー。マギーばあちゃんとでも呼んどくれ」

「じゃあ、儂はロイじいちゃんだ」

「はい、よろしくお願いします。マギーばあちゃん、ロイじいちゃん」

顔を上げてそう言うと、マギーばあちゃんは優しそうな笑顔を私に向けてくれた。

「さぁさぁ、お茶を淹《い》れておやつにしようかね。さあ、カリンちゃんも一緒にどうぞ。ああ、でもちょっと待っててもらえるかい？　先に薬を調合してくるからね」

「じゃあ、僕が案内する。マギーばあちゃん、母さんのことよろしくね」

「ああ、任せとくれ」

マギーばあちゃんは、ラルクにウィンクをして奥の部屋に入っていった。

マギーばあちゃんは、かなり腕のいい薬師《くすし》だということだ。昔は領都で薬屋を営んでいたこともあり、結構有名だったらしい。

「カリン、グレン、こっちだよ」

私とグレンはラルクに促されるまま、リビングのソファーに座った。グレンは私の足元にちょこんと座っている。

リビングは結構広くて、真ん中に大きなソファーがデンッと置かれていた。多分十人以上は座れるだろう。

ラルクのお母さんは腰を痛めてまだちゃんと歩けないらしい。でもなんとか立ち上がることはできるようになったのでそれほど心配はないとのことだ。

ダンテさんとロイじいちゃんは仕事を中途半端にしていたことを思い出し、仕事に戻っていった。みんなラルクをかなり心配していたようだ。

ラルクは愛されているね。

ソファーに座るとマギーばあちゃんがお茶とおやつを持ってきてくれた。

お茶を飲んだ私は戦慄《せんりつ》した。

「こっ、これは！」

「ふふふっ、美味しいでしょう？　このお茶はね、チャーゴ茶っていうの。こうしてミルクをたっぷり入れて飲むのよ。家《うち》でお茶をする時はこれが定番なの」

思わずこぼした私の言葉にマギーばあちゃんが得意気に答えた。

口の中に広がる濃厚なスパイス……シナモンやカルダモン、ジンジャーの温かみのある風味が、ミルクティーの甘さと絶妙に調和している。

まるで前世で外国を旅行した際に飲んだ「チャイ」にそっくりだ。

マギーばあちゃんの言うことには、お茶は自家栽培、ミルクも飼育している牛から得られるからこの家では普通のことのようだ。

香辛料はガイストの森に自生しているそうだ。今度探してみよう。

お茶菓子は干した果物のようだ。大きさはサクランボくらいで一つ一つに楊枝《ようじ》のようなものがついている。早速楊枝をつまみ口に入れた。甘さに少し酸味があってなかなか美味しい。

「美味しい……私、これ好きだわ」

「僕もチェリの実が大好き！」

思わずこぼれた私の言葉にラルクが賛同した。どうやらこの実はチェリの実と呼ぶらしい。

こっそりとタブレットにチェリの実のことを聞いてみた。


チェリの実。ガイストの森に生息。春先に実が生る。干すことによって甘みが増し、長期保存ができる。ヨダの町の住民にとって馴染みの果実。


なるほど、この実も今度森で探してみよう。

お茶の後、ラルクが農場を案内すると誘ってくれた。この農場はクランリー農場と呼ばれ、クランリー一家が営んでいる。つまり、この家の人たちの姓はみんなクランリーという。

さらに、従業員も住み込みで雇っているそうだ。ここに来た時には全然気づかなかったけど、この家が建っている後方に、従業員用の宿舎があるそうだ。思ったより大きな農場のようだ。

飼育されているのは、牛が二十八頭、鶏が三十三羽（そのうち卵を産む雌鳥は二十五羽）、羊が二十頭。なんと鶏も羊も前世と比べてかなり大きい。二倍以上はあるのではないだろうか？

そのせいか、飼育している数の割に、牛乳も卵もかなり多くの量になるみたい。卵なんて一羽につき毎日平均五個も産み落とすそうだ。因みに卵を見せてもらったら、大きさは前世の鶏の卵の大きさとあまり変わらなかった。

成鶏《せいけい》が大きいからって卵も大きいわけじゃなかったんだね。

ラルクが大きな建物に案内してくれた。外観はとてもシンプルで白い箱のような建物だ。

その中には数頭の牛がいくつかの囲われたスペースで搾乳《さくにゅう》されていた。

牛の乳と搾乳機が繋がれ、大きなタンクにミルクが溜まっていく。搾乳機は魔導具になっているらしい。そして、貯蔵タンクも魔導具で冷蔵の魔法が付与されているので、十日ほどは保存することができるらしい。

魔導具、便利だね。そう思っていたら、魔導具は魔導具師という高度な技術を習得した者しか製作できないからかなり高価らしい。でも、家業に不可欠だと認められた魔導具は領主様から補助が出るんだって。

この地区の領主様はいい人だね。

ふと、側溝の方に流れているミルクに気がついた。

「あれ？　あのミルクはどうしてその溝に流れていくの？」

私は疑問に思い、首を傾げながらラルクに尋ねた。

「あのミルクは捨てるしかないんだ。搾乳は毎日しないと牛が乳腺炎という病気になってしまうから。だけど、全てのミルクを消費できないから貯蔵タンクに保存できない分はこうして捨てるんだよ」

なんて勿体ない！　私はラルクの言葉に絶句した。

この貯蔵タンクには魔法で殺菌と分離防止効果、腐敗防止効果が付与されているらしい。

ということは前世で言うホモジナイズされている牛乳に近いのかもしれない。

前世のスーパーなどで販売されていた普通の牛乳は、脂肪が分離しないような処理（これをホモジナイズという）や高温での殺菌によりタンパク質の性質が変化している。

そのため、ホモジナイズされた牛乳は味が落ちたり飲むとお腹が痛くなる人もいた。それに、クリームもバターもその牛乳で作ることはできない。

実は私も牛乳を飲むとお腹が痛くなりやすかったのだが、低温殺菌したホモジナイズされていない牛乳（ノンホモ牛乳という）を飲んだらお腹が痛くならなかったことに感動したことを思い出した。

でもよくよく聞いたら、魔法が付与されているのは貯蔵タンクなので、ここから牛乳を出すと殺菌はされているが時間が経つと分離してしまうらしい。

つまり、この農場の牛乳はホモジナイズされていないノンホモ牛乳ということだ。

出荷する時に入れ替える瓶にも腐敗防止と状態維持の魔法が付与されるそうだが、瓶に付与する効果は魔力の関係で十日ほどしかもたないということだ。

どうやらホモジナイズされるわけでも高温殺菌されるわけでもないようで安心した。というのも、ホモジナイズされていない牛乳は時間が経つと脂肪分が上に浮いてくる。

そう、これが生クリームである。この脂肪分をすくってそれをさらに攪拌《かくはん》するとバターになるのだ。

「ねぇ、バターにして売ったらいいんじゃない？」

「バター？　何それ？」

ああそうか、ここでは牛乳の脂肪分をバターにするという概念がないのかもしれない。

でも、バター、あるといいよね。お料理にも使えるし、パンに塗ってもいいし、それに、お菓子作りには必須なのだから………

私は絶対にバターの作り方を伝授しようと決心した。もちろん私の野望……コホンッ、希望のためだけではなくて、この農場のためにもね。

◇◆◇

クランリー農場には、野菜畑と麦畑、そしてなんと田んぼもある。

私は目を輝かせた。

米ッ！　米が食べられる！　日本人ならやっぱりお米でしょう。この世界に来てそんなに日にちは経っていないけど、やっぱり米は食べたい。

でもこの米、鶏の飼料用なんだって……

「食べても美味しくないよー」とラルクが言ってたけど、それは調理法に問題があるのではないだろうか？

多分、米食文化がないのなら精米する概念もないのだろう。もし、玄米のまま調理したとしても、ただ炊いただけでは芯が残って美味しくない。

玄米には玄米の炊き方があるのだ。

ということで、なんとか米を譲ってもらえないだろうか？　たとえ鶏の飼料だとしても米には変わりないのだから、炊き方次第では美味しく食べられるはずだ。

そんなことを考えているといつの間にかクランリー家の前に戻っていた。うっかり思考の渦に飲み込まれそうになるのは私の悪い癖だ。

「ああカリン、戻ったか。ちょっとこっちに来てくれ。話したいことがあるんだ」

私の姿を捉えるやいなや、ダンテさんに声をかけられた。

ラルクは農場の仕事があると言って出ていった。ラルクの仕事は鶏小屋の掃除なんだとか。私よりも年下なのに、毎日自分の仕事をこなしているそうだ。私より見た目は大きいけど……

偉い、偉い。

呼ばれるままにリビングに行くと、赤茶髪で鳶色の瞳の女性がソファーに座って私を待っていた。

少しタレ目の可愛い系で年齢不詳だが、笑顔に優しさが滲み出ている。

ラルクと同じ瞳の色を持つ女性……どう考えてもラルクのお母さんだよね。

「あら、あなたがカリンちゃんね。私はセレンというの。ラルクの母よ。さっきは顔を出せなくてごめんなさいね」

明るくて親しみやすさのある笑顔を向けたセレンさんは、思った通りラルクの母親だった。

「いっ、いいえ。初めまして、カリンです。あの、大丈夫なんですか？　腰を痛めたって聞いたんですが……」

「心配してくれてありがとね。もう大分いいのよ。母さんの調合した薬はよく効くから、ゆっくりなら動けるの。こっちに来て座ってちょうだい」

柔らかな微笑みは痛さを我慢しているようには見えなくてホッとする私。

どうやらマギーばあちゃんの薬が効いたようだ。

こんなにすぐに薬が効くなんて、マギーばあちゃんの薬師としての腕はラルクが言っていた通り、かなりいいのだろう。

それにしてもなんだかこの家の人たちは本当にいい人ばかりだわ。

私はこの世界に来て最初に出会った人たちがこの家族であったことに感謝した。

セレンさんに促されるままに私は彼女の隣に座った。

「それでだな、今後のカリンの生活についてだが……」

「突然こんなこと言って戸惑うかもしれないけど、よかったら私たちの子供になって、ここで一緒に暮らさない？　カリンちゃん、一人で暮らしてるって聞いたわ。だから……ね。どうかしら？」

ダンテさんの言葉に、私の方を向きながらセレンさんが笑顔で続けた。

「えっ？　でも、今日初めて会ったのに？」

私は思わず声を上げてしまった。

会ったばかりの見ず知らずの子供に自分たちの子供になることを提案するなんて、どれだけ寛大なのだろう。

私は驚きのあまり暫く硬直して思考が追いつかなかった。

セレンさんの言葉を噛みしめ、嬉しさで瞳が潤んでくるのを感じた。ここに来て私は知らず知らずのうちに不安と寂しさを押し込めていたことに気づいた。

「セレンさん、ダンテさん……あの、とても嬉しいです。初めて会った私にそんな言葉をかけてくれるなんて……でも、私、森の家があるし、そこでお店を開きたいんです。セレンさんの言葉はとてもありがたいのだけど、やっぱり一緒には暮らせません」

「遠慮することはないのよ。うちには息子たちしかいないから、カリンちゃんが私の子供になってくれたら嬉しいわ。可愛い娘が欲しかったのよ。ねぇ、考えてみてくれない？」

「本当にごめんなさい。でも、やっぱり………」

なんとか私がそう答えると、セレンさんは優しく微笑んで両手で私の手を包んだ。

「分かったわ。カリンちゃん、こっちこそごめんね。カリンちゃんは謝らなくていいのよ。私たちが性急すぎたのだから。でもそうね、じゃあ何かあったら遠慮なく私たちを頼ってちょうだい。約束よ」

「そうだな、カリン。困ったことがあったらいつでも俺たちに言うんだぞ」

「ありがとうございます」

私はそう言って、ダンテさんとセレンさんに頭を下げた。

そして、セレンさんがさっき「息子たち」と言ったことに疑問を持ったので聞いてみた。

セレンさんとダンテさんには、ラルクの上にもう一人、十六歳の息子がいるそうだ。

二年前、冒険者になると言って家を出ていったんだって。

いやっ！　ちょっと待って！　十六歳の息子がいるってことは、二人は中身アラフォーの私と同年代の可能性があるってこと？

思わぬことに気づいてしまった私は、親身になってくれる二人への申し訳なさから罪悪感が湧き上がった。

その気持ちを逸らすために、ダンテさんとセレンさんも昔は冒険者をやっていたという話に耳を傾け、無理矢理思考を切り替えた。

その時二人は知り合ったのかしらね。

罪悪感を紛らわすように、二人の出会いを想像することに意識を集中した。

クランリー家での時間はあまりに楽しくて、気がついたらなぜか今日は泊まっていくことになっていた。

セレンさんが「今日は絶対泊まっていってね。ショウがいないから、ショウの部屋を使うといいわ。ちゃんと掃除をしているし、シーツも洗ってあるから綺麗よ」と圧を込めて言われたせいでもある。

ショウ？　きっとダンテさんとセレンさんのもう一人の息子で、ラルクのお兄さんの名前だろう。

そんなこんなで夕食の時間になった。

え？　もうそんな時間？　と思っていたら、この国では一日二食が普通で朝食を十時くらいに食べ、夕食を十六時くらいに食べるそうだ。

十二時頃と夜の七時頃にお茶の時間があり、おやつを食べたりするからあまりお腹が空くことはないらしい。

夕食の献立は、小麦粉と塩と水だけでできたような固いパン、野菜たっぷりのミルクスープ、鶏肉の塩蒸しだった。

茶色くて小さめのコッペパンは薄くスライスされているが、固すぎてそのままでは食べられないのでスープに浸しながら食べる。

スープは野菜の出汁《だし》がきいていてミルクが濃厚で優しい味がした。

鶏肉も塩だけの味付けながら、ふっくらジューシーでなかなか美味しかった。

全てマギーばあちゃんのお手製だ。

ダンテさん家族の一員になったようで、食事はとても楽しくいただくことができた。

ちゃんとお風呂もあり、日本のお風呂と変わらなかったので安心した。トイレも思ったよりも綺麗で、この世界はそれなりに生活文化が発展しているのかもしれないと思った。

なんでもこの国の魔導具技術は他の国に比べて優れていて、各家に魔導浄化装置が付いていていて汚水を浄化して川に流しているそうだ。

衛生環境が充実していた日本に住んでいた者としては嬉しい限りだ。

私は、今は家を出ているショウさんの部屋に案内されてそこで休んだ。六畳くらいのシンプルな部屋にはベッドとタンスなどの僅かな家具しかなかったけど綺麗に掃除され、居心地は悪くなかった。

パジャマも下着も肩かけバッグからお取り寄せできるので問題なかった。

その夜はグレンの温かさを感じながら眠りについたのだった。

第六話　バターがないなら作ればいい

テシッ、テシッ……頬を軽く叩《はた》くグレンの肉球の感触。

『カリン、もうそろそろ起きた方がよいと思うぞ』

ゆっくり瞼を開けると、カーテンの隙間から光が漏れている。

「ここは……」

私はボウッとする頭でなんとか昨日のことを思い出し、ガバッとベッドの上で起き上がった。

「寝過ごした？」

『いや、それほどでもないと思うが、何かいい匂いがするぞ』

微かに美味しそうな匂いが鼻を掠める。きっと朝食の匂いだろう。

そういえば、グレンは昨日の夕食がとても気に入ったようで喜々として食べていたのを思い出した。

「グレン、あなたご飯目当てね……」

『いっ、いや……そう言うわけでは……』

何やらもごもご言っているグレンに私はじと目を向けた。

それよりも、やっぱり少し寝すぎたようだ。この国では朝食は十時頃と言っていたから、もしかしたらもうそんな時間なのかもしれない。

　私は慌てて身支度をしてリビングに向かった。


「あの、おはようございます」

「あら、起きたんだね。ゆっくり寝られたかい？」

「おはよう、カリンちゃん。もうちょっと待っててね。すぐに朝食だから」

　リビングに行くとマギーばあちゃんとセレンさんがキッチンから顔を出して笑顔で言った。

　リビングには誰もいない。どうやらみんな農場で朝の仕事をしているみたいだ。

　私はマギーばあちゃんとセレンさんに何か手伝えないか聞いた。

　最初はお客さんなんだから座って待っているように言われたが、手持ち無沙汰《ぶさた》なのでなんとかお願いして朝食の準備を手伝った。

　とはいっても、ミルクを温めるだけだったんだけどね。

　暫くすると農場で仕事をしていたダンテさんとロイじいちゃん、ラルクが戻ってきた。

　ラルクも朝から農場のお手伝い、偉いね。

　朝食はジャガイモ入りのスクランブルエッグと仄かに甘い煮豆にホットミルクだった。なんと煮豆の甘さは豆本来の甘さらしい。ホットミルクも濃厚で美味しかった。

「あの、お世話になりありがとうございました。夕飯も朝食も美味しかったです。それで……その……よかったら……牛乳とか卵とか少し譲ってもらえませんか？　もちろんお金はちゃんと払います」

「まぁ！　何を言っているの？　カリンちゃん！　お金なんていらないわ。いくらでもあげるわよ！　そもそも最初から色々持たせるつもりだったのよ！」

「そうだぞ、金なんて必要ない！」

「もちろん、なんでも好きなだけあげるよ」

「そうじゃ、そうじゃ」

ダンテさん、セレンさん、マギーばあちゃん、ロイじいちゃんが口々に言い、色々私にくれるために準備してくれた。

「ありがとうございます。それで、牛乳の瓶には状態維持の魔法付与はしなくていいです」

「あら？　それじゃあ、分離しちゃうわよ」

「それでいいんです。分離した脂肪は生クリームになるし、生クリームからバターが作れるから」

「バター？」

私の言葉にセレンさんは不思議そうな顔をしていた。

「はい、私の国では牛乳の脂肪分を分離させてバターにして食べてました」

この身体の持ち主の国じゃないけどね。

私はこっそりと心の中で呟いたけど、嘘は言ってないよね。今は私がこの身体の持ち主なんだから……

などと苦しい言い訳で心に湧き出る罪悪感を払拭した私は、生クリームとバターについて説明した。もちろん、生クリームからバターを作る方法と一緒に。

実はバターは意外と簡単にできるのだ。

クランリー農場の牛乳のような、余計な加工をしていない自然な生乳《せいにゅう》を使えばいいのだ。

前世の殆どの牛乳は品質を均等に保つためホモジナイズされていて、市販のものからはバターを作ることができなかった。つまり、時間が経って脂肪分が分離しないための処理をわざわざしていたからだ。

結局、その場でバターを作ることになった。とはいっても、ダンテさんに瓶に三分の一の牛乳を入れてもらってそれを分離するまで振るだけなのだが。

ダンテさんは私が言った通り、牛乳を脂肪分が固まるまで振ってバター作りを実践した。

「この塊がバターなのね。これからこの塊……バターはどうやって使うのかしら？」

私はセレンさんの言葉に暫し考え、夕食に出てきたパンが残ってないか尋ねた。

そのパンは保存が利くように作られているからたくさんあるとのことだった。どうりで固いはずだ。前世でも災害時用に保存食として乾パンがあったけど、そんなものだろう。

あんまり美味しくなかったけどね。

パンと牛乳、卵、そしてバターを使った料理をしたいと申し出たら、セレンさんは快く材料を揃えてくれた。

朝食後なのでみんなそんなに食べられないかもしれないが、残ったらおやつにでもしてもらえばいいだろう。

そう、フレンチトーストを作るのだ。

キッチンを借りて私は調理を始めた。ダンテさん家族は興味津々で私の作業を見ている。

なんだか見られていると緊張するね。

魔導コンロに火を点け、フライパンを温める。

因みに魔導コンロもフライパンもどの家庭でも普通に使われているそうだ。

バターを作った後にできた低脂肪乳が勿体ないのでこれで卵液を作り、パンを適度にスライスして浸けておく。温まったフライパンにできたばかりのバターをたっぷり入れると、それだけでバター特有の豊かな香りが広がる。

卵液に浸かって柔らかくなったパンを、バターが溶けて黄色くなった液体の中に並べていく。

ジュッという音と共に香ばしい匂いが辺りを覆った。ほどよい焦げ目が付いたら皿に盛り、バッグから蜂蜜を取り出してその上からかけた。

そう、シャンプーを作る時に手に入れた蜂蜜だ。

「えっ？　蜂蜜？」

「あっ、はい。この前森で見つけて……バッグに入れたままだったから……」

セレンさんの言葉になんとか笑って誤魔化したけど、みんなちょっと驚いた顔をしていた。

誤魔化せてはいないかもしれないけど……でも森で採取したのは本当だから嘘を言っているわけではないよね。

そんな高級品は勿体ないとかみんな口々に言っていたけど、自分で採ったからタダだと言ってなんとか納得してもらった。

「さぁ、よかったらみんなで食べてみてください。とはいっても材料は私が調達したわけじゃないけど……」

「まぁ、美味しそう。ありがたくいただくわ」

「うん、美味そうな匂いだな」

「どんな味がするのか楽しみだねぇ」

「じゃあ、早速食べてみよう」

「僕も食べる！」

口々にそう言って試食会が始まった。

口に入れると一瞬みんなが同じように固まった姿に、家族だなぁと思ってしまった。

「これは美味い！」

「そうねぇ、牛乳の脂肪分にこんな使い方があったなんてねぇ」

「カリンの国では普通にこうして食べていたのね」

みんなとても気に入ったようだった。

その他のバターの使い方についてもザックリと伝えたけど、言葉だけでは分からないだろうから今度バターを使ったお菓子を持ってくることを約束した。

すると、そのお礼だと言われてたくさんの食材を分けてもらった。牛乳が一リットルくらいの瓶で五本、卵が十個入り二ケース、それに小麦粉、塩までいただけることになった。

どう考えても私一人には多すぎる量だ…………

「えっ？　こんなに？」

「心配するな。俺がカリンを送りながら一緒に運んでやるから」

「いえ、そういう問題じゃなくて……」

「大丈夫よ～。私、付与魔法ができるの。だから瓶や袋、箱にまで状態維持の付与をしているから腐ることもないわ。因みに一ヶ月くらいはその効果は切れないようにできるのよ」

「いえ、そういう問題でもなくて……」

私が戸惑っていると、ダンテさんとセレンさんが安心させるように言ってくれた。

でも……本当にこんなにたくさんもらっちゃっていいのだろうか？

しかも泊めてもらった上にタダ飯……

うん、やっぱり何かお返ししなきゃスッキリしないわ。

「あの、こんなにいただいて申し訳ないって言うか……私なんのお返しもできないし……あっそうだ！」

もごもご言いながら、私は何かお返しができないか考えて思い当たった。

そして、バッグの中から（正確にはバッグと繋いだ家の中だけど）バナヌとプランを取り出しテーブルの上に積み上げた。

「よかったらこれ食べてください。お返しです」

私がそう言って笑顔を向けると、なぜかみんなポカンと口を開けて果物を凝視していた。

「こっ、これはまさか、バナヌではないか？」

一番先に声を上げたのはロイじいちゃんだった。

「「「バナヌッ？」」」

すると一斉にみんなが驚きの声を上げた。

「えっ？　これがバナヌなの？　僕食べたことないや」

ラルクが言うと、

「ええ、確かにバナヌだわ。昔、新婚旅行で泊まったホテルで一度だけ食べたことがあるもの」

セレンさんは確信を持って肯定した。

「バナヌを目にするのは何十年ぶりかねぇ？」

マギーばあちゃんは感慨深げにこぼす。

いやいやいや、バナヌってそんなに大げさに驚くものなの？

もしかして、これは出してはダメだったのかしら？

どうしよう……

「これはいかん！　こんな貴重なものはもらえない」

ダンテさんが我に返って焦った声を上げた。

「あっ、あの、大丈夫です。たくさんあるから。私の家にある食品庫、時間停止機能が付与されていてそこに保管されているんです。それに空間拡張機能付きでたくさん保管できるから、これと同じ果物も山のように保管してるんです」

私がそう言った途端、みんなが口をつぐみ固まってしまった。

あっ、またやってしまったかもしれない。

どうしよう……

やっぱりいくらなんでも、魔法がある世界だからって、時間停止機能付きなんて普通じゃないのかもしれない。

まずいわね……

「ねぇ、そのバッグ、見た目よりたくさん入るんだね」

ここに来てさらにラルクの爆弾発言。

みんなの視線が私のバッグに集まった。

「空間拡張機能付きのバッグ……なのか……？」

ダンテさんがぼそりとこぼした。

「それはまた高価なものを持っているなぁ……」

ロイじいちゃんが目を丸くして言った。

「あっ、お金はかかってないんですよ。自分で作ったから」

「「「えっ？　自分で作った？」」」

みんなが声を揃えて驚いている。

暫し無言になる面々。

「ほうほうほう、なるほど。カリンは国家魔導具師並みの魔法が使えるらしいな」

固まっていた四人の中で最初に声を発したのは、ロイじいちゃんだった。

お互い顔を見合わせながら何やら訳知り顔で頷くクランリー家の面々。

「カリンちゃん、ありがとう。この果物たちはありがたくいただくわ。だからカリンちゃんも欲しいものがあったら遠慮なく言ってね。でも、他の人にそのバッグを自分で作ったなんて言っちゃダメよ」

セレンさんがそう私に言うと、他のみんなが頷いた。

ラルクは首を傾げ黙ってその様子を見ていた。

本当は、空間接続機能付きバッグなんだけど空間拡張機能付きバッグだということにしておこう。なんとなく言わない方がいいような気がしたから。

「こちらこそありがとうございます。それで、今回はこの食材をいただきますけど、次回からは買わせてください。じゃないとタダでもらうなんて申し訳なくてできません」

「分かった。では次回からはちゃんとお金をもらうよ。だからちゃんと何が欲しいって言うんだよ」

ダンテさんは私の気持ちを汲《く》んでくれた。

もらった食材はバッグに入れて……バッグから直接食品庫に入れられるからね。ホント便利……。

私は自分の家に帰ることにした。

そうだ、もうこの際だからグレンのこと、言ってしまおう。また驚かれるかもしれないけど、あまりこの人たちには隠しごとをしたくないし、それに言った方がみんな安心してくれるかもしれない。

私は元来、隠しごととか苦手なのだ。すぐに罪悪感で後ろめたくなって心穏やかでいられなくなる。

誰にでも言うわけじゃないけど、この人たちなら信頼できるだろう。

なんてったって、初めて会った私を養女にしようとした人たちなのだから。

そう思って私はまたまた爆弾発言をした。

「あの、この猫のグレンって実は神獣なんです」

みんなはまたまた固まってしまった。

「神獣？」

「あの伝説の？」

「本当にいるのか？」

「ただの猫に見えるけど……」

「ねぇ、神獣って？」

「まさかっ！」

ダンテさん、セレンさん、ロイじいちゃん、マギーばあちゃん、ラルク各々が言葉を発した。

「だから、グレンの背に乗って帰るので送ってくれなくても大丈夫です」

私がそう言うとグレンが淡い光を放ち、背に鳥のような白い羽が現れ二メートルくらいの大きさになった。

それを見たみんなはやはり固まった。

「あの、じゃあありがとうございました」

私がそうお礼を言って帰ろうとしたんだけど、

「カリン、ちょっと待ちなさい」

私の声で我に返ったダンテさんに呼び止められた。なぜか頭を抱えている。

溜息を一つつくとダンテさんは私の目線まで腰を屈めた。ジッと私の目を見つめて真剣な顔をしているので少し戸惑う。

「いいかい？　カリン、このことは誰にも言っちゃダメだ」

「このこと？」

「そうだ。グレンが神獣であること。そのバッグのこと、時間停止機能付きの食品庫があること全部だ」

ダンテさんの言葉に得心が行った。やっぱり普通のことじゃなかったみたいだ。

まず、空間拡張付与に関しては、使用可能なのは国家魔導具師ほどの技術を持つ者だけらしい。因みにこの国にいる国家魔導具師は十人に満たないとのことだ。

次に時間停止機能に関しては、この国ではなくこの世界のトップクラスの魔導具師でさえできるかどうか分からないそうだ。

そして、最後に神獣。そもそも神獣はお伽噺《とぎばなし》の中にしか存在しないとされているそうだ。だから、目の前でグレンが変身する姿を見ても、すぐにはそれが神獣だとは信じられなかったようだ。

問題は、このことがこの国の王族に知られたらどうなるかということだ。

このティディアール王国の国王バリディッシュ・ズィー・ティディアールは、間違いなく名君と呼ばれているそうだ。いきなり召喚されて利用されるということもないだろうが、名君であればこそ大局的に物事を捉える。

つまり、国に利があれば些末《さまつ》なことなど目を瞑る可能性がある。もし、私の力を得ることによって国が潤うならば、利用しないとはいえないのだ。それほど非情にことを運ばなければ一国の王として国を統制することはできないのかもしれない。

と、懇々《こんこん》とダンテさんが説明してくれた。

とはいっても、私を利用するなんてできるわけがない。私にはグレンがいるし、女神ラシフィーヌ様の加護があるのだから……多分。

でも、この状況でこんなこと言えないけど……

私はダンテさんの言葉を受け、とりあえず無闇矢鱈《むやみやたら》に言わないようにしようと自分自身を牽制《けんせい》したのだった。

第七話　宅送鳥《たくそうちょう》の便り

クランリー農場から戻ってきて一夜が明けた。

早速もらった卵で朝食に目玉焼きを作って食べることにしよう。

昨日家に帰ってきてから食品庫で、もらった物を眺めてニマニマしながら決めたのだ。

その時、ふとフライパンも鍋もフライ返しも何もないことに気がついて、すぐに森で素材を集めて作った。

ついでに某ハンバーグチェーン店を真似して木の皿も作製。

ラシフィーヌ様、料理をするにも食べるにも肝心なものが足りませんがどういうことでしょうか？　とつい、作りながら心の中で問い詰めてしまった。

でも、この国は日本よりも日が長いようでよかった。だから、クランリー農場から帰った時はまだ明るかったから調理道具が作れたのだ。

それに必要な調理道具はナイフを作った時の材料と同じだったからすぐに作れたのはラッキーだった。

それにしても、フードプロセッサー、魔導レンジ、ミキサー、パスタマシーンまであるのに肝心の鍋やフライパン、包丁などがないのはなぜだろう？

ラシフィーヌ様、色々と抜けがあるのではないですか？　とまた心の中で問い詰める。

さて、それでは早速目玉焼きを作るとしようか。

バターをひいて、温まったフライパンに卵を割ってジュッと音がしたら、水を少し入れて蓋《ふた》をして弱火で数分。黄身がしっかり固まらないうちに蓋を取って、綺麗に焼けた目玉焼きをお皿に盛った。

それとフルーツサラダ。

神の庭で取ってきたフルーツを切って盛り合わせる。

うーん、これにベーコンかウィンナーが付けば完璧なのだが……

果たしてこの世界にあるのかしら？

塩をかけて一口食べたら、前世で食べた目玉焼きを思い出してなんだか懐かしくなった。

塩味でも美味しいけど、やっぱりバターで焼くなら醤油だよね。うん、やっぱり自分で作ろうかな？　作るなら大豆が必要だよね。

セレンさんたちにもらった豆は、大豆というより白い金時豆のようだったし……今度探してみようか。

必要なものがどんどん出てくる。

それでも自分のお店を始めたいと思えばがんばれるのだ。

グレンは目玉焼きを初めて食べるようで、肉球で黄身の部分をツンツンしていた。力を入れすぎて黄身が破れ、肉球に付いてしまいショックを受けた顔をしている。

ガーン！　という擬音語がグレンの頭の上に見えた気がした。

黄身の付いた肉球を眺めた後にペロペロ舐《な》めていたのは普通の猫みたいで可愛い。

『ふむ、なかなか美味であるな』

誤魔化すようにそう言ったグレンに私は顔を緩めた。

和《なご》むなぁ……

そう思ったのは内緒だ。

もう私がグレンのことを猫と見なしていることがバレてしまう。

グレンは地球を何度も視察していて、地球の料理に興味があったそうだ。でも、地球では精神生命体のままで物体化できなかったから、食べることができなかったんだって。

だから、料理とも言えないこんな目玉焼きを嬉しそうに食べてるんだね。

朝食後、チャイ……もといチャーゴ茶を入れてミルクをたっぷり入れ、蜂蜜を少し垂らして飲んだ。

やっぱり美味しい。グレンも普通に飲んでいる。

あれ？　猫ってお茶飲んで大丈夫？　カフェインが入っていなければいいんだっけ？　チャーゴ茶ってカフェイン入っているのかなぁ？

私はすっかりグレンを猫扱いしているのだった。

さて、それでは今日はバターとチーズを作ってみようか。

バターの手順はクランリー牧場で試作した通りだ。小麦粉も卵もゲットしたし、大分料理環境が整ってきた。

私はニンマリした。これで料理の幅が広がる。

牛乳を瓶に入れて振り、脂肪分が分離してきたら布で漉《こ》して、白い液体と固形物に分けた。低脂肪牛乳とバターだ。

「できたぁ！」

嬉しさに思わず声を上げた。

「まずは味見」

ダンテさんの所でフレンチトーストを試食したが、今回はバターそのものの味が分かるようにセレンさんにもらった固パンを薄くスライスして軽くオーブンで焼く。

熱々のパンの上にバターを載せると溶けてパンに染みこんでいく。

試食を考えて朝食を控えめにしていたのだ。

美味しそうだ。やっぱりバターの香りは食欲をそそる。

早速一口食べてみた。

「おいひぃ！」

私が声を上げるとグレンがこっちを物欲しそうに見ていた。

あっ、ごめん、忘れてたわ。

私はすぐにグレンの分も焼いてバターを塗って渡した。

グレンははむはむと食べている。あら？　猫舌じゃないのかしら？　と疑問を掲げつつ、グレンがパンを頬張る姿に癒される。

やっぱり猫が一生懸命食べている姿は可愛いね。本当は猫じゃないけど……

「あっ、そうだ！」

私は思い出して食品庫から黄金の液体が入っている瓶を取り出した。

「これをかけるともっと美味しいよ」

そう言ってグレンの残っていたパンと私の囓《かじ》りかけのパンにかけた。

バターと蜂蜜のハーモニー。これぞ蜂蜜バタートースト。

パンは多少ぼそぼそしているけど、焼いたから表面はサクッとしていた。バターを多めに塗って しっとりとなった表面に蜂蜜をたっぷり。

『なんとっ！　某はこれが気に入ったぞ！』

グレンが嬉しそうにぱくぱく食べている。美味しそうに食べる顔を見るのは嬉しい。たとえ猫……神獣でも……

思い出した。私は私の作ったものを美味しそうに食べる人を見ると、幸せな気分になったことを。

だから、前世でお店をやって多くの人に美味しいものを食べてもらいたいと思っていたことを。

そして、その夢の実現間近で私は命を落とした。

でも、この世界で私は絶対に美味しいものを提供するお店をオープンしよう！

私は改めてそう強く心に誓った。

気分が高揚したところで、はい。次に作るのはチーズである。

とりあえず簡単にできるカッテージチーズを作ることにしましょうか。

材料は牛乳、レモン、塩。

レモンは神の庭にありました。名称もレモン。さすがだね、神の庭。

鍋に牛乳を入れ、コンロに火を点けて温度が上がりすぎないようにゆっくりとかき混ぜる。

沸騰する前に火を止めて、レモンを入れて軽く混ぜ、暫く放置。

固形物と水分に分離するのでこれを布で漉す。

固形物がチーズで水分は乳清。

乳清はホエーとも呼ばれるタンパク質やミネラル、ビタミンを含む栄養たっぷりの液体なので、保存しておく。ドリンクにしてもいいし、料理に使ってもいいからね。

とりあえず目的のものができた。少し多めに作って保存しておこうかな？

あっ、そうだ！　ダンテさんたちに持っていこう。そうしよう。

ついでにバターとチーズで何か作って、それも持っていった方がいいだろう。

そう考えていたら、
コンコンコン……

なんの音？

辺りを見回す間もなく、寝そべっていたグレンが立ち上がった。

グレン、本当に猫化しているみたいね。

『カリン、窓に宅送鳥がおるようだぞ』

グレンが窓の方に顔を向けてその場所を示した。

ん？　宅送鳥とは？

疑問に思いながらグレンの言葉に従って窓の方を見ると、黄色い小さな鳥が窓の外でパタパタと羽を羽ばたかせていた。

両開きの格子のついた窓を開けて小鳥の傍まで行き、手を伸ばすと私の腕に止まった。鳥の頭には赤い色で三角を二つ重ねたようなマークがある。この鳥の持ち主のマークだろうか？

そして、足首をよく見ると小さな筒状の入れ物がくくりつけられてあり、そこに手紙のようなものが入っていた。

「あら、手紙？」

私は筒から手紙を取り出して読み始めた。

ダンテさんからの手紙だった。この世界では鳥を使って伝言をやり取りするのかしら？　伝書鳩のように……

そんなことを考えながら読み進めた。

どうやらセレンさんの妹のドロシーさんが、久しぶりにやってくるらしい。ドロシーさんは旦那さんのケリーさんと一緒に各地で交易する道すがら、色んな商品を持って時々ダンテさんの所を訪れるそうだ。

珍しい商品を持ってくることもあるから私も来ないかとのお誘いの手紙だった。

手紙の返事は、この鳥が運んできた時と同じように足首の筒に入れると、ダンテさんの所に戻っていくようだ。

因みにこの鳥、宅送鳥は本物の鳥ではなく魔導具の一種だとタブレット情報にあった。

最後に「もし来るのなら迎えに行くから、グレンに乗ってきてはダメだ」と書いてあった。きっとドロシーさんたちにグレンのことがバレないようにだろう。

私だって、あの時ダンテさんに釘を刺されたのだからグレンのことを言うつもりはない。

もちろん、グレンに乗っていくつもりだったけど、グレンは認識阻害の魔法をかければ他の者を誤魔化すことができると言っていた。だから大丈夫なのに……信用ないなぁ……

ちょっとムッとしたけど、これもダンテさんが私のことを心配してくれたんだと気を取り直した。

ドロシーさんたちが来るのは五日後……

あら、カレンダーがないわ。

私は前世で予定が入るといつもカレンダーに書き込んでいた。

うん、カレンダー。必要だわ。後で作ろうかな。

そう頭の片隅に書き留めて、まずは返事を書くことにした。

書斎に行くと机の引き出しに予め用意されていたA４より小さめの白い紙と万年筆に似たペンを取り出して「必ず行きます」と返事を書いた。

ラシフィーヌ様、筆記用具を用意してくれていたのはナイスだわ。

私はさっきラシフィーヌ様に向かって色々と抜けがあると言ったのをちょっと申し訳なく思った。

筒の中に手紙を入れると、小鳥は私の頭の上を一周してから飛んでいった。

あの鳥、便利だわ。私も一羽欲しいわね。あっ、鳥じゃなく魔導具だから一台というのかしら？

そう考えながら宅送鳥を見送り、今後購入したいもののリストに追加したのだった。

そうだ、セレンさんの妹さんたちが来るのなら、多めに何か作っていこう。さて、何がいいかな？

私はワクワクしながら、食品庫にある食材を頭に思い浮かべた。

第八話　ダンテ・クランリーの考察

ダンテは考えずにはいられなかった。出会ったばかりの少女のことを。

ガイストの森で出会ったカリンという少女は、不思議なことばかりだった。どう考えても普通の少女とは思えなかった。まず驚いたのはまだ幼いにもかかわらず、その森で一人で暮らしているということだった。いや、猫……ではなくて神獣と一緒だから正確には一人ではないのだろうが……

そう、神獣………

信じられない。この国では神獣なんて伝説上の生き物としてしか認識されていない。そのため、誰に神獣を見たと言っても信じてもらえないだろう。実際に見たダンテさえ本当にあの白い猫が神獣だったなんて夢だったのではないかと思うのだから。

そしてこの国では珍しい藍色の髪と瑠璃色の瞳。

カリンの容姿は「クラレシア神聖王国」を連想させた。なぜなら殆どのクラレシア神聖王国の民は藍色の髪を持つと言われているからだ。

ダンテは以前噂で聞いたことを思い出す。女王として君臨したメディアーナ・リィ・クラレシアは藍色の髪と瑠璃色の瞳を有していたということを。

まさか王族の血筋とは限らないが……

しかし、もしそうなら大事《おおごと》になるぞ……

ダンテは自分の中に湧き出るその考えをなんとか払拭しようと努めた。

知る人ぞ知るクラレシア神聖王国は、この世界の唯一の楽園として噂されている。小さな国であるにもかかわらず、結界で守られた豊かな土地。どの国よりも国民の魔力は高く、穏やかな人柄は聖人のようだという。

一度訪れたことがある者は口々に言う。

——神に愛された国。

その一言がクラレシア神聖王国がどんな国なのかを物語っている。

しかし、その国の詳しい内情についてはベールに包まれていた。

入国審査が厳しいため、訪れたことがある者が極端に少ないせいだ。そのため、国内の詳しい情報はどの国でも掴めずにいた。

王都から離れた地方に住む者の中には、架空の国であるように思っている者も多いだろう。

ダンテがその国が滅んだという情報を得たのは一年ほど前だった。聞いた時はあまりの衝撃で暫く仕事も手に付かなかった。

それほど衝撃を受けたのには、ダンテが密かにいつか訪れてみたいと憧憬《しょうけい》の念を抱いていたせいもある。

侵略したのはこの世界で三番目の国力を誇る大国、ドメル帝国だった。

そもそも、クラレシア神聖王国は不可侵国として扱うことが世界中の国で暗黙の了解となっていた。そのため、まさか彼《か》の国を侵略する国があるとは、どの国も思いも寄らなかった。

クラレシア神聖王国はそれまでは神が作ったのではないかと言われるほどの結界に覆われ、鉄壁の守りを維持していた。しかし、それがなんらかの方法で破壊されたのだ。

周辺国は戦慄し、それほどの力を持つドメル帝国に恐れをなした。その方法は禁術によるものだということに多くの国は感づいていたが、それを証拠立てることはできなかった。

さらに、その禁術とは神にも背く、世の理《ことわり》をねじ曲げるほどのものだと予想された。でなければ、クラレシア神聖王国の鉄壁の結界を破ることなどできるはずもないのだ。

ドメル帝国は決して己《おのれ》の非を認めない。ましてやあろうことか、クラレシア神聖王国の方から統合を申し出たという噂を流した。このことから真相は闇に葬られたのだということを予想せずにはいられなかった。

ドメル帝国がクラレシア神聖王国を滅ぼしてから約一年。

神に愛された国に手を出した戒《いまし》めか、ドメル帝国は衰退の一途を辿っているという。

周辺諸国はそのことを知り、神罰が下ったのだろうと確信していた。そして、何もできなかった自分たちにもその影響が及ばないよう、率先してクラレシア神聖王国の難民を受け入れている。この国でもそれは例外ではなかった。

ただ一つの懸念は、クラレシア神聖王国の王族の行く末がどうなったか、何一つ情報が得られなかったことだ。

普通だったらこの辺りの住民は他国の情報をここまで知ることはできない。自分たちの生活に追われ、一般の平民はあまり他国に興味を向けないことも大きな理由だが、王都から離れているため情報を得る術《すべ》が極端に少ないということもある。

領都のように比較的商人や旅行者が往来する場所ならともかく、こんな片田舎では遅れてやってきた噂が流れる程度にしか過ぎないのだ。

クラレシア神聖王国は王都を挟んでこの場所の反対側に位置するから、難民を保護していたとしても離れすぎているため、ここまで来ることは今のところない。

それ故、この地域の住民たちはクラレシア神聖王国という国が存在しており、一年前に滅んだということは知っていても、話題になったのはその当時だけで、その後詳しい情報を求めることも知ることもなかったのだ。

ダンテがここまで情報を得ることが可能となったのは、ひとえにダンテの生家のお陰である。

ダンテは侯爵家の三男で四番目の子、末子として誕生した。平民であるセレンと駆け落ち同然で結婚したのだが、結婚に反対したのは実は父親だけだった。母親と兄姉たちは応援してくれたので、今でも親交がある。そのお陰で様々な情報を得ることができるのだ。

「ダンテ……ダンテ」

セレンの声にハッと現実に戻る。

「カリンちゃんのことを考えていたの？　あの子、もしかしてあのクラレシア神聖王国の生き残りかしら？　でも、それだけじゃなくて……まさかとは思うけど……」

セレンは言葉に詰まったようだが、ダンテは自分と同じ考えに辿り着いたのだろうことを察した。信頼を寄せる妻セレンとは、クラレシア神聖王国のことをはじめ様々な情報を共有していたからだ。

「それ以上は口にしない方がいい。たとえそうであったとしてもな」

「そうね……」

ダンテの言葉に、セレンも自分の思ったことが大事《おおごと》になるであろうことに気づいて、それ以上言葉を続けることはなかった。

コツンコツン。

二人が思案に耽《ふけ》っていると、耳に届いた音で現実に引き戻された。

窓の方を見ると、一羽の小鳥が嘴《くちばし》でガラスを突いていることに気がついた。

セレンがすぐに立ち上がり、窓を開けてその小鳥を招き入れた。

白地に首の周りだけ青い襟巻きをしたようなその小鳥を見て、セレンが微笑む。ドロシーの宅送鳥だとすぐに気づいたからだ。

セレンの妹のドロシーは、夫のケリーと一緒に王都で商会を営んでおり、時々珍しい商品を携えて訪れる。たった一人の妹に数年ぶりに会えるのだ。気分が高揚するのも無理はない。

「ドロシーだわ！」

セレンは嬉しそうに叫びながら、鳥の足に巻き付いている手紙を広げ、読み始めた。

宅送鳥は魔導具の一種で手紙を運ぶために開発された。手紙だけではなく軽いものならば運んでもらうこともできる。中には鷹のような大型の鳥を模した宅送鳥もあるのだが、高額なため一般庶民には手が出ない。手紙を運ぶだけの小さな宅送鳥でさえ、それなりの金額がするのだ。

「ダンテ！　ドロシーたちが五日後にここに来るって！　なんと、ショウも一緒よ。王都グレサリアの冒険者ギルドで護衛を雇おうと思っていたら、たまたまそこでショウに会って護衛を頼んだみたい」

セレンは堰《せき》を切ったようにそう言ってダンテに手紙を見せた。

ダンテはその知らせを受けて顔が緩んだ。ショウはダンテとセレンの長男だ。十四歳の成人を迎えてすぐに冒険者になると言って家を飛び出した。

二人は久しぶりの再会を期待して胸を弾ませるのだった。

第九話　幌馬車

身支度を整え、ドレッサーの鏡の前で全身をチェック。

「どうかしら？　似合う？」

その場でくるりと一回りしてグレンに尋ねた。

作り置きのフレンチトーストで簡単に朝食を済ませた私は、昨日作ったばかりの水色のワンピースを着てみた。

女郎蜘蛛《アラクネ》の糸を露草に似たチェロという名の花で染めた、シンプルな作りだ。

ウエストの所に同色のリボンを回して後ろで結んである。ファッションに疎い私でも、これくらいなら創造できた。

『ふむ、なかなか似合っておるぞ』

グレンがベッドの上でスフィンクス座りをしたまま私を見上げると、そう答えた。

「よし！」

両手を握りしめ、気合いを入れる。

「さあ、行くわよ」

『承知』

グレンは立ち上がり伸びをした。

グレンが日に日に猫化していっているように思うのは、気のせいかしら？

私はグレンを見て目を細めた。うん、可愛い……本当にただの猫みたいね。

今日はヨダの町に行って買い物をしたいと思う。

そうだ！　町に行ったら服も買おうかしら？

私はワクワクして家を後にした。家の前にある細い道を辿って広い道まで出る。

ヨダの町へは、クランリー農場に行く途中で見た乗り合い馬車に乗っていく予定だ。広い道を歩いていくと二手に分かれた分岐点に辿り着いた。

タブレットの地図情報によると、馬車が通るのは多分この辺りだったはずだ。

ここで待ち、馬車が見えたら大きく手を振ると馬車が止まってくれるらしい。

馬車が通るのは一日四回。

馬車が来る少し前に教えてくれるよう、タブレットにお願いしたのだ。

なんとタブレットにはアラーム機能も付いていた。このアラーム、私の耳にしか届かない仕様になっている。マジ便利。

そんなわけでこうしてタブレットの知らせを受け、家を出たというわけだ。

本当はグレンの背中に乗って近くまで行こうと思ったのだが、幌付きの乗り合い馬車を一目見た時から、乗ってみたいと思っていたのだ。

だって、前世の映画やアニメで見たあの幌馬車。そう思うのは当然ではないだろうか？

道の端で待っていると、白い幌を付けた馬車が見えてきた。私は大きく手を振った。馬車がゆっくりと私の前で止まった。

御者台には二人の男性が乗っていた。私に目を留めた二人は、一瞬目を丸くして驚いた表情をした。

「んっ？　君は……初めて見る顔だな。どこから来たんだ？」

最初に口を開いたのは、帽子を被《かぶ》った若い方だった。二十歳《はたち》前後に見える。

「おいルーサー、俺たちは黙って客を目的地に届ければいいんだ。人それぞれ事情がある。余計なことは聞くな」

「あっ、すいません、セブさん」

セブさんと呼ばれた、壮年の口ひげの男性が若い男性を窘《たしな》めた。

若い男性の方はルーサーという名前らしい。

「ごめんねお嬢さん。じゃあこれに手を触れてもらえるかな？」

ルーサーは何やらテレビのリモコンのような大きさの銀色の板を私に差し出した。真ん中に透明な玉が埋まっている。水晶だろうか？

「これは何？」

「初めて見たのかい？　これは犯罪者鑑定器という魔導具だ。お嬢さんは犯罪者には見えないけど、一応規則だからね」

ルーサーはそう言って苦笑した。

犯罪者がそれに触れると、水晶の部分が赤く光るらしい。

そう、なんとこの犯罪者鑑定器は、犯罪者として登録されている者を特定できる魔導具だということだ。

なんだか少し心配になる。私自身は何も罪を犯していないが、まだ幼いとはいえこの身体の持ち主が絶対に罪を犯していないとは言えない。

それにこの国ではどこまでが犯罪となるのかも知らない。

間違って怪我をさせてしまったとかあるだろうし……

ああ、どうしよう、万が一赤く光ったら……そしたら犯罪者認定されてしまうのかしら？

『大丈夫だと思うぞ。其方は生まれてからこのかた、罪を犯してはおらぬ』

私が躊躇《ちゅうちょ》していることを察してか、グレンが念話で話しかけた。

やっぱりグレン、この身体が何者か知っているのね。

そう考えながらおそるおそる犯罪者鑑定器に手を触れた。

もちろん、私が触っても水晶は反応せずに、難なく乗り合い馬車に乗ることができた。

私は何をもってこの魔導具が犯罪者を認定することができるのか、密かにタブレットで調べてみた。

この国では、一度罪を犯すと犯罪印という目では見えない印が身体に刻み込まれるらしい。犯罪者鑑定器に組み込まれた水晶が、その印に反応して赤く光るそうだ。

一度犯罪印が刻まれると、前科持ちだということがこの魔導具によって白日の下に晒《さら》される。その罪は一生ついて回り、何をするにも枷《かせ》になるということだ。

なんて厳しい罰だ。

前世では罪を犯せば法により裁かれ、刑罰が下された。それでも、その刑罰により罪を償えば、たとえ前科があったとしてもよっぽどのことがない限り、周りの人には前科持ちだと認識されない。つまり、たとえ前科持ちだとしても普通の生活をすることが可能だった。

しかし、この世界では一生消えない印が普通に生活することを阻むことは想像に難くない。

厳しすぎるこの世界に憂いを感じながら、一つ溜息をついて馬車に乗り込んだ。

中には中高年の夫婦と若い夫婦の二組が乗っていた。

木で作られた荷台のような幌の中には、木の箱を並べただけの椅子が左右に四つずつ並んでいた。先に乗っていた乗客たちに軽く会釈をして一番後ろの席に腰かけた。

この世界で会釈が通用するか分からなかったけど、これは日本人であるが故の癖《くせ》だから仕方がない。

私が座ると、馬車はゆっくりと出発した。

一番後ろの席は幌の口が大きく開いていて、だんだんと遠くなっていく森を眺めた。こうして離れてみると、結構大きな森であることが分かる。

思ったよりは乗り心地は悪くない。なぜかと思ってタブレットに尋ねたら、揺れ防止の魔法付与がされているとのことだった。しかも結界が張られ、魔獣を寄せ付けない仕様のようだ。

この馬車はクランリー農場に行く時に見た馬車とは別の経路で、隣にあるクシャロ村までを一日二回往復しているらしい。

クシャロ村とは、ヨダの町と港町エンサの町の間を通る三つの村の一つだとタブレットで知った。

エンサの町……怨嗟《えんさ》の町……何やら物騒な町の名前だなぁと思ってしまった。


馬車は三十分ほど揺れていたが、その後ゆっくりと止まるのが分かった。

町に着いたのかもしれない。

前方に開いた幌の口からは、私の身長くらいに積み上げられた石塀、そして同じく石でできた門が見えてきた。

ここから見ると意外と大きな町のようだ。

門の前には屈強そうな緑色の制服を着た門兵が左右に一人ずつ立っていた。

乗り合い馬車に気がつくと、一人の門兵が近づいてきた。ルーサーが通行証のようなものを門兵に見せると、乗り合い馬車はすんなりと町の中に入ることができた。

町の入り口から中心に向かって十分ほど行った乗降場所で止まると、馬車から降りて乗車料の二千ロンを支払った。

意外と高い気がする。因みにグレンの分は乗車料がいらなかった。よかったよかった。

第十話　ヨダの町

乗り合い馬車の乗降場所はロータリーになっていて、そこから東西南北に四つの道に分かれていた。私が今乗り合い馬車で来た道は北の道だ。

ロータリーから分かれる道は煉瓦で綺麗に整備され、建物も煉瓦造りが多く、思っていたよりも町の中は整然としている。

はて？　どの道を行けばいいのだろうか？　タブレットに尋ねようと思ったけど、誰かに聞いてみよう。人と会話した方が楽しいからね。

一人暮らしの私は、普段グレンとしか話ができないもの。

せっかくだからルーサーに聞いてみようかしら……

「あの、ルーサーさん。商店街に行くにはどの道を行けばいいの？」

「ああ、それなら西にある道を真っすぐ行けばいいよ。因みに南と東の道は住宅街だよ。この町は治安がいい方だけど、まれにガラの悪い冒険者が訪れることもあるから気をつけるんだよ」

「ありがとう」

私は親切に教えてくれたルーサーにお礼を言うと、西の道へ歩を進めた。

『さっきルーサーさんが言っていたけど、ガラの悪い冒険者に出会ったりしないよね？』

私は歩きながらグレンに念話で聞いてみた。

『ふむ、今は不穏な気配は感じられないな。多分大丈夫だろう。まぁ、念のため某が先陣を切ろう』

グレンはトコトコと私の前に出て歩いていく。

道の先にはまばらに行き交う人々の姿が目に入る。その顔には時折笑顔が浮かび、長閑《のどか》で平和な雰囲気は住みやすさを示している。ルーサーの言う通り、ここは穏やかな町なのだろう。

暫く行くと、先ほどよりも活気溢れる商店街に辿り着いた。

私は、カラフルなワンピースやスーツが飾られたガラス張りのショーウィンドウの前で立ち止まった。どうやら洋品店のようだ。

前世で見た田舎の商店街にあるような店で、どこか懐かしい感じがする。

ドアもガラス張りで、その横にある看板には「フランのおしゃれな服屋」と手描き風の文字で書かれていた。

そういえば町に来る前に洋服も欲しいと思ってたんだわ。

店の名前は微妙だけど、入ってみようかしら。

でも、見るだけでも大丈夫かなぁ？　この世界に来て初めて入る店だ。なんだか緊張してきた。

意を決してドアの前に敷かれた赤いマットの上に足を乗せると、ガラスのドアが突然横にスライドした。

「えっ？」

なんと自動ドアだった。

思っていたよりもこの世界の文明は発展しているのかもしれない。

一歩足を踏み入れると、奥の方から「いらっしゃーい！」と陽気な声が聞こえた。

「あらあらあら、可愛らしいお嬢さん。ようこそ、フランのおしゃれな服屋へ！」

そう言って現れたのは、満面の笑みをたたえたふくよかな女性だった。

ツインテールのピンクの髪はクルクルと綺麗にカールしており、ワンピースとお揃いのリボンを結んでいる。カラフルで大きな花柄のワンピースは朗らかな女性の個性を引き立て、とてもおしゃれに見えた。

看板に「おしゃれな」と書いてあるだけのことはあるのかもしれない。

格好の割にはそれほど若くないようにも見える。所謂《いわゆる》年齢不詳だ。

前世でもいたよね。年齢不詳な人。

そんな失礼なことを思っているとも知らず、店員の女性は紫色の瞳をキラキラさせて私を凝視している。近くで見ると、右の目尻に並んだ三つの星もキラキラしている。

化粧？　化粧なの？　この国では目の横に星を描くのが流行っているの？　それにしてもキラキラしすぎじゃない？

思わず後ずさってしまう私。

濃い……キャラが濃すぎる……

「あっ、あの、少し見させてもらってもいいですか？　買うかどうかは分からないんですけど……それと、この子もいいかしら？」

「あらぁ、可愛らしい猫ちゃん！　もっちろん大丈夫よ。好きなだけ見ていってくれればいいわ。何かあったら遠慮なく声をかけてちょうだい」

テンションの高さに押されておずおずと尋ねる私に、その女性は快諾してくれた。

よかったぁ。グレンも一緒に入っても大丈夫みたい。もう入っちゃってるけど……

店の中に入ると、思ったより広くはない。中央に小さなソファーがあり、壁面に張り巡らされている木のポールには、ハンガーにかかったたくさんの洋服が並んでいる。

「あら、大人しい猫ちゃんね～」

そう言って、女性はグレンの頭を軽く撫でた。

グレンはきょとんと首を傾げてスフィンクス座りをしている。やっぱりどこからどう見てもただの猫だ。

「そうね。お嬢さんに合うのはこちらにかかっている服かしらね」

グレンをひと撫ですると、女性は私が着られそうな洋服が並んでいる場所に案内してくれた。

ゆっくりとハンガーにかかった服を眺めていく。

その様子を見ていた女性が声をかけてきた。

「お嬢さんはなんて名前なの～？　珍しい髪と瞳の色ねぇ、外国からの移住者かしら？　私はこの店を経営しているフランっていうの。ここにある服は全部私がデザインしたのよ～」

「そうなんですか。私はカリンっていいます。フランさんが言う通り、最近他の国からこの近くに越してきたんです」

他の国というより他の世界なんだけどね。

私は心の中でそう付け加えた。

「ねぇ、これなんかカリンちゃんにピッタリよ。シンプルだけど好きな場所に刺繍《ししゅう》することも、レースを付け足すこともできるわよ」

フランさんがすすめてきたのは、Aラインのシンプルなレモンイエローのワンピースだった。

既製品ではあるが、フランさんが言ったように刺繍やレースをプラスして自分好みにできるセミオーダー式がこの店の特徴だそうだ。

どんな図案の刺繍でも可能にしてくれる魔導ミシンがあるお陰で、それができるらしい。というのも、この町には天才魔導具師の店があり、魔導具がかなり充実しているそうだ。

フランさんは自分がデザインした刺繍の図案集を見せてくれた。その中から選んだ刺繍か、客自身がデザインした図案かどちらでもオーダーできるそうだ。

私は結局フランさんがすすめてくれたレモンイエローのワンピースを選び、そこにフランさん考案の図案の中からたくさんの果物が描かれたデザインを選んでお願いした。

刺繍は裾の方に少しだけ施してもらうことにしたので、その場ですぐにできると言われた。

「ちょっと待っててね～」

そう言ってフランさんは奥に引っ込んだが、すぐにお茶を持ってきて、ソファーの横にある丸テーブルに置いてくれた。

「このお茶を飲み終わるまでにできちゃうわよ～。魔導ミシン様々ね～」

フランさんが再び奥に引っ込むのを見送って、私はお茶を一口飲んだ。

「美味しー」

ミントのような爽やかな香りのお茶が口の中を潤した。一息つき、市場にこのお茶が売っていたら絶対に買おうと心に決めた。お茶の名前はミンティー茶だとタブレットが教えてくれた。庶民の間でよく飲まれるお茶らしい。

クランリー農場で飲んだチャーゴ茶といい、このミンティー茶といい、この国では美味しいお茶文化があるのだと感じた。

フランさんは、さっき言った通り、本当に私がお茶を飲み終わる頃に刺繍が施されたワンピースを手に戻ってきた。

その他にも動きやすそうな水色のパンツやブラウス、そして下着類を購入した。

購入したものは肩かけバッグから取り出した、マイバッグならぬ少し大きめのマイリュックに入れた。マイリュックはこんな時のために作っておいたのだ。

肩かけバッグだけでは傍目《はため》には荷物をたくさん入れられるように見えないからね。もちろん空間接続の魔法付与がしてあるのだ。

金額はフランさんがたくさんおまけしてくれて、五千ロンだった。

今度店をオープンした時に着るエプロンドレスをお願いしようかな……

そんなことを考えながら会計を済ませていると、さっき気になったことを思い出した。

そう、天才魔導具師のことだ。この国にはどんな魔導具があるのか、私はいまいち把握していない。自分の家にある魔導具が誰でも持っている物なのか、私しか持っていない物なのか分からないのだ。

それに、私はラシフィーヌ様の恩寵により創造魔法が使えるけど、前世の電化製品のような魔導具を作ることはできない。

この世界に転生してから作ったものは、洋服やナイフ、バッグなど魔力で動かす必要のないものばかりだ。

だから、今後何か必要なものができた時のためにも、この世界にどんな魔導具が存在するのか見ておきたかったのだ。

この町に魔導具屋があり、それが「天才魔導具師」が経営している店なら願ってもない。

フランさんに聞いたところによると、ここからそれほど離れてはいないらしい。

店を出ると私は迷うことなく天才魔導具師の店を目指したのだった。

◇◆◇

フランさんに教えてもらった通り、三軒先の店を右に曲がる。少し行くと緑色の木のドアに「天才魔導具師の魔導具屋」と縦に大きく書かれていた。

「天才」とか「おしゃれな」とか、この国の人たちはどうやら自己評価が高いらしい。

緑色のドアに付いている真鍮《しんちゅう》の取っ手を引くと、カランカランという音と共に中の様子が覗えた。

店舗の中には左右に棚があり、様々な電化製品に似た魔導具が所狭しと並べられている。

「あら、いらっしゃい」

店に足を踏み入れた途端、カウンター越しに黒縁眼鏡の女性が声をかけてきた。茶色がかった金髪を一つに結わえ、シンプルな黒いワンピースを身に纏っている。

三十歳前後だろうか？　優しそうな黄緑色の瞳に知的さが宿っている。どうやら暇を持てあまして読書をしていたようだ。カウンターテーブルの上の本が開いたままだ。

「あの、この子も一緒に入っても大丈夫ですか？」

私は足下のグレンを目で指しながら尋ねた。

私とグレンを見た女性は、驚いたように目を見開いた。

そういえば、ダンテさんが私の髪と瞳の色はこの国では珍しいと言っていたわね。だからきっとこの女性は驚いたのだろう。

「ええ、もちろん構わないわよ。ここにも猫がいるからね」

驚いたのは一瞬だけだったようで、女性はそう言って店の隅にある椅子にちらりと目を向けた。

椅子の上には身体を丸めた黒猫がいた。

「あの、欲しいものは今は特にないんですけど、少し見せてもらっていいですか？」

「ええ、もちろんいいわ。自由に見てちょうだい」

店に来て「欲しいものはない」なんて失礼かと思ったけど、女性は気にした様子もなく視線を本に移した。

気がつくとグレンがジッと黒猫の方を凝視していた。

『ほう、これは珍しい。猫妖精《ケットシー》ではないか』

グレンの呟きを聞いて、私も黒猫の方に目をやった。

え？　猫妖精《ケットシー》？　あのファンタジー世界で定番の？　どう見てもただの黒猫にしか見えないんだけど……

黒猫はグレンの気配を感じたのか、ビクッと身体を反応させた後、こちらに顔を向けた。

今度は黒猫の方がグレンを凝視している。

黒猫の翠緑《すいりょく》の瞳が見開き、その瞬間後ろの柱に身を隠した。

身体を隠していても顔だけ出してこちらを覗っている。

『恐れるでない。某は何もするつもりはない』

グレンがなんとか宥《なだ》めているけど、黒猫は柱の陰から出てくる気配はなかった。

「あら、珍しい。ノアが人見知りするなんて」

その様子を覗っていた女性がそう言って、柱の方に向かい黒猫を抱き上げた。この黒猫……もとい猫妖精《ケットシー》はノアという名らしい。

「あっ、あのごめんなさい。うちの猫が怖がらせちゃったみたいで……」

「くすっ、大丈夫よ。この子とっても賢いから、すぐに慣れると思うわ。誰が来ても怖がることなんてなかったんだけど……でも、ちょっと震えているみたいだからあっちに連れていくわね。構わずゆっくり見ていって」

そう言って女性はノアという名の黒猫を奥に連れていった。

『ふむ、どうやらあの猫妖精《ケットシー》は正体を隠しておるようだな。魔力を極力抑えているようだ』

「ふーん、そうなの？　そもそも猫妖精《ケットシー》ってなんなの？　前世ではファンタジーの世界によく登場していたのを知っているけど、この世界では普通の猫とどう違うの？」

『簡単に言うと、猫妖精《ケットシー》は高度な知能を持ち、人間の言葉を理解し話すこともできる。さらに魔力があり魔法が使えるのだ』

グレンの話によると、そもそも猫妖精《ケットシー》は気位が高く、滅多に人間に懐かない者が多いそうだ。

私は気を取り直して魔導具を順番に見ていくことにした。一つ一つの魔導具の前には簡単な説明文が記載された札が置いてあった。でも、金額は記載されていない。

様々な形のランプが並んでいる。さすがにランプは説明文を見なくても明かりをともすものだと分かる。

次に、白くて四角い手のひらサイズの平べったい箱に目が行った。箱の中央には丸いガラスのレンズがはまっている。「魔導写真装置」と書いてある。

えっ？　カメラ？　魔導写真装置って、カメラのことよね？

この世界にもカメラがあるんだぁ……でも高いのかしら？　とても欲しいけど、あんまり高いとちょっと躊躇してしまう。

「あっ、あの、これいくらですか？」

私はそれを指さして、店に戻ってきた女性に恐る恐る尋ねた。

「ああ、それね。本来なら五万ロンだけど、お嬢さんなら特別に二万ロンで売ってあげるわよ。一緒に写真転写装置も付けるわよ」

女性が笑顔で答えた。

えっ？　いきなり半額以下ですか？　しかも写真転写装置……写真を印刷する魔導具のことだよね。

店員の女性だと思ってたけど、金額を勝手に決めているところを見ると、もしかしてこの女性自身が「天才魔導具師」なのかもしれない。

ここの商品たちに値段が付いていないのは、その時の気分で金額を決めるからとか？　なんかありそうだなぁ……

そう思いながらも購入することに決めた。

「買います！」

私はそう言ってバッグからお金を取り出して女性に渡した。

「あの、もしかしてこの魔導具、あなたが作っているんですか？」

私は魔導写真装置を包んでいる女性に聞いてみた。

「ええ、そうよぉ。この店の魔導具は全部私が作ったのよ。私これでも天才魔導具師なのよ」

そうドヤ顔で教えてくれた。

自分で天才って言っているけど、本当かどうかは分からない。でも、根拠があるわけじゃないがなぜか私はこの女性が本当に天才魔導具師だと思えた。

私が魔導写真装置を受け取ってマイリュックに入れていると、ジッと凝視する視線を感じた。

天才魔導具師だという女性が食い入るように私のリュックを見ている。

「あなた、そのリュックどこで手に入れたの？」

「えっ？」

「それ、ただのリュックじゃないでしょ？　もしかして空間拡張の付与魔法が施されているんじゃない？」

「えっとぉ、その通りですけど……これは自分で作りました」

「まさかと思ったけど、やっぱりあなた……そう……そうね、もしそうなら可能なのかもしれないわね」

私の言葉に一瞬驚いたものの、なぜか自分の中で納得したようだった。

すごい。この魔導具師の女性、私のリュックを見ただけで空間拡張の魔法付与付きだと見抜いたわ。

普通分かるものかしら？　やっぱり天才魔導具師というのは本当なのかもしれないわね。

「あなた、クラレシア神聖王国から来たんでしょ？　もしかして王族の血族に近いんじゃなくて？」

魔導具師の女性を見ながら思案していたら、驚くべきことを言われた。

えっ？　クラレシア神聖王国って何？　王族？　もしかしてこの身体ってクラレシア神聖王国の

王族の血を引いているってこと？　これってどうなの？　まずいんじゃないの？

私の心の中は混乱してパニックに陥った。

「あぁ、心配しないで。誰にも言うつもりないから。でもあなたも気をつけた方がいいわよ。そのリュック、空間拡張の魔法付与が付いているとかあなたが作ったとか誰にも教えちゃダメよ。私の名前はエミュウ。何かあったら相談に乗るわ」

私がパニクったのを察知してか、エミュウさんはそう言って優しく微笑んだ。

きっとエミュウさんはとてもいい人なのだろう。だって、ダンテさんたちのように私の力を他の人に知られてはいけないと注意してくれたのだから。

私はエミュウさんにお礼を言って、魔導具店を後にした。

それにしてもクラレシア神聖王国………

やっぱり、その国のことをタブレットで調べた方がいいわよね。この身体の持ち主のことも……

でも、なんだか怖い気がする。

どうしよう……

『カリン、今はあまり深く考えない方がいいぞ。知るべき時が来たら自然に分かるものだ。カリンの心がそれを拒否するのなら、今はそうではないのだろう。まずは自分のやりたいことを優先した方がいいぞ』

グレンの言葉に頷いてなんとか胸に広がる不安を押し込め、今やるべきことに気持ちをシフトする。

そうね。グレンの言う通りだわ。今は忘れよう。まずは肝心の同業者リサーチ、食堂での試食だ。

そう思った途端、さっきエミュウさんの名前に僅かな既視感を感じたことを思い出した。

暫く考えて思い当たった。

そうか！　あのダチョウに似た鳥の名称だ！　思い出しそうで思い出せないことってスッキリしないのよね。なんだかずっと何かが心の中に引っかかっているような感じで……

優しく声をかけてくれた人に対してそんな失礼なことを思っていた私は、レストランを探すべく商店街を進むのだった。

◇◆◇

魔導具店を出て暫く行くと、飲食店街らしき場所に辿り着いた。よく見るとホテルのような建物もある。

私は、白をベースとした外壁に木のフレームが施されている建物の前で足を止めた。前世で見たヨーロッパの建物を彷彿《ほうふつ》とさせる、可愛らしい外観だ。三階建てで一階はレストラン、その上は宿泊施設になっているようだ。

タブレット情報でこの町で一番美味しいレストランを探して、この店に辿り着いた。

店の看板には「町一番美味しいレストラン」と書かれている。

いや、それって店の名前？　と心の中で突っ込んだ。

このレストランには、テイマーブースがあるので動物や魔獣も一緒に入店できるらしい。

冒険者の中にはテイマーとして仕事をしている者もいるらしく、こういった店が随所にあるようだ。

グレンは神獣だけど、見た目は猫だからまあ大丈夫でしょ。

店内に入ると、全体が木の壁で外観よりもシンプルに感じた。使い込まれたようなテーブルや椅子は店内に溶け込み、それが落ち着いた雰囲気を醸し出している。

食事時間ではないためか、お客さんはまばらだった。お茶を飲みながら談笑している人、書類に目を通している人などが目に入った。

私が店内を見渡していると、一人の女性がこちらに近づいてきた。黄色がかった金髪を二つに結《ゆ》わえ、紺色のワンピースにシンプルなエプロンをしている。同じ姿の店員が何人かいるところを見ると、多分制服なのだろう。

店員の女性は私たちが目に入ると一瞬目を丸くして驚いたようだったが、何も言わず店の奥へと案内してくれた。さすがプロである。

店の奥はテイマーブースとなっていて、使役している動物や魔獣の大きさごとに大、中、小の三つに分かれていた。

私たちは小の表示がある席に案内された。

テイマーブースは半個室になっていて仕切りがあり、プライバシーが確保されるような仕様だ。きっと他の動物や魔獣同士が鉢合わせにならないように配慮してのことだろう。

いくら使役されていても何があるか分からないからね。

早速店員から渡されたメニューを眺める。なんとか肉のシチューとか、なんとか野菜の煮込みとか、その素材自体がよく分からない。

「あの、おすすめとかありますか？」

「そうね～、今日はボル肉が手に入ったってシェフが言っていたから、ボル肉料理がおすすめよ」

メニューを見てもよく分からなかったので、素直に店員さんに聞いてみた。前世でも旅行に行った時、知らない土地の飲食店でよくこの手を使ったものだ。

なるほど、ボル肉かぁ……

とはいってもボル肉がなんなのか分からないんだけどね。

密かにボル肉のことをタブレットに尋ねてみる。


ボル肉。ガイストの森の赤松の群生の入り口付近に生息する野生動物。地球の動物に例えると見た目はイノシシに近く、味は豚肉に近い。ティディアール王国では庶民の間で一般的に食されている。金額もリーズナブル。

なるほど、安くて味は豚肉かぁ。うん、そのボル肉を使った料理を頼むことにしよう。

「じゃあ、ボル肉のシチューをお願いします。この子にも同じものを」

「パンはいかがいたしますか？」

「一個ずつください」

間もなく料理が運ばれてきたので、一口、口にした。

ボル肉のシチューは柔らかくて美味しかった。確かに豚肉に近い味で、牛乳を使用したと思われるクリームシチューによく合っていた。野菜もたくさん入っていて、なかなか美味しいシチューだった。

ただ、前世のシチューと違ってスープにはとろみがなくサラサラしていた。ホワイトソースではなく普通の牛乳を使っているせいだろう。前世のシチューに比べてコクも足りないような気がする。

バターがないせいかなぁ？

バターがなくても他の油で代用できると思うけど、やっぱりバターのコクには敵わないだろう。

パンは全粒粉を使ったようにギュッと詰まったもので、食べ応えがあった。せっかくご馳走してくれたセレンさんとマギーばあちゃんには申し訳ないけど、クランリー農場で食べたものより柔らかくて美味しく感じた。

きっとクランリー農場で食べたパンは、保存できるように作られたものだったのだろう。

食後にそれもおすすめだと言われたお茶を注文した。ルイボスティーのようにまろやかでいて微かな酸味を感じた。

やっぱりこの町のお茶は美味しい。

お茶の産地がこの町か近くにあるのかしら？

タブレットで調べたら、ルイボシティーという都市の名前のような名称だった。思った通り、この町で栽培しているらしい。

もうルイボスティーでいいんじゃね？

そう思いながら、帰りに市場に行ってボル肉とルイボシティーを買おうと心に決めた。

レストランのメニューにはスイーツらしきものは載っていなかった。この国では食後にデザートを食べるという概念自体がないのかもしれない。

あっ、でもクランリー農場ではお茶にドライ果実が出たわね。あれは私をお客様としてもてなすためなのか、それとも一般家庭ではおやつやお茶の時間にお茶請けとして食べる習慣があるのだろうか？

考えても結論は出ないので、今度クランリー農場に行った時に聞いてみようと思う。

レストランで支払った金額は、シチューが二千ロン、パンが千ロン、お茶が六百ロンだった。それぞれ二人分の値段だけど、外食としてなら妥当な金額なのだろうか？

これで、私が自分の店で料理を出す時の値段の相場は少し把握できた。

それでもこの一軒の店だけを参考にするわけにはいかない。少なくともあと二、三軒はリサーチが必要だろう。今日はもうお腹いっぱいだから次回にしよう。

その後、お茶を飲んで少し休んでからレストランを後にした。

◇◆◇

タブレットの地図を見ながら、今度は市場を目指す。

目的の場所に辿り着くと、前世の商店街の入り口にあったようなアーチ看板があった。

上を見ると、看板には「活気のある市場」と書かれていた。

え？　それって市場の名前？

私はその文字を見て微妙な顔をしたのだった。

「活気のある市場」と書かれた看板の下をくぐり抜け、市場の内部に歩を進める。

道の両側には、店舗ごとに様々なものが並んでいて目移りしてしまう。

「へいへい、いらっしゃい！」

「安いよ安いよ！　今朝採れたてだ！」

「へい！　そこの嬢ちゃん！　是非見てっとくれ！」

アーチ看板に書かれていたのは伊達ではないようで、なかなか活気のある市場だ。あれがはったりだったらこの市場への信用がなくなっていたところだ。

私は大きな呼び声に誘われるように、カラフルな野菜が並ぶ店先で立ち止まった。

前世の記憶の中にある、馴染み深い野菜の姿も目に入る。

さて、金額はいくらぐらいだろうか？　これから店を営む身としては是非とも知っておく必要がある。

金額は野菜の上にある木の板に書いてあった。

カーチャ（カボチャっぽい野菜）五十ロン、トマ（トマトっぽい野菜）五個百ロン、オリー（タマネギっぽい野菜）五個百ロン……

「おや、嬢ちゃん、お使いかい？」

一つ一つ手に取り確かめていると、小太りでひげ面《づら》のおじさんが声をかけてきた。

さっき一番大きなかけ声を出していたおじさんだ。このおじさんの声もこの市場の活気を盛り上げるのに一役買っているように思えた。

「ふ〜ん、お前さん、この国の子じゃないね」

私の顔をジッと見ると、さらに続けてそう言ってきた。

「はい、最近この近くに引っ越してきたんです。おすすめの野菜はどれですか？」

「おう！　全部おすすめだ。なんてったって俺の畑で採れた野菜だからな」

おじさんは満面の笑みを私に向けた。

その笑顔と勢いにつられた私は、おじさんにすすめられるがままに一通りの野菜を購入した。かなりおまけをしてくれて両手に抱えるほど買ったのに、全部でなんと千ロンだった。

ラッキー！　私はホクホク顔で買った野菜をマイリュックに詰め込んだ。

途中でおじさんに「ん？　そのリュック、見た目よりも随分たくさん入るんだな」と言われギクッとしたけど「そうなんです～」と言ってなんとか笑って誤魔化した。

笑って誤魔化す……日本人の得意技だ。「前世日本人でよかったわ～」などとどうでもいいことを口にしながら、次の店に移動するべく歩き出した。

グレンが怪訝《けげん》な顔をして私を見ていたけど、見なかったことにする。

今度は調味料を売っている店だ。左右を見渡しながら探す。

塩はクランリー農場でセレンさんに少しもらったけど、砂糖や香辛料も必要だからね。

味噌や醤油はいくつかの素材を組み合わせて発酵させたものだから、この世界にあるとは限らない。でも砂糖や香辛料は一つの素材を加工したものだから売っているだろう。多分……

まあ、売ってなくてもタブレットで探せばどこかにはあるだろう。

そんな希望的観測を胸に抱きながら、それらしい店を探した。

「グレン、調味料が欲しいの。砂糖とか胡椒とか、料理に味を付けるものよ。それがあったらもっと美味しい料理が作れるのよ」

『何？　それは是非とも見つけねば！』

私の言葉に真剣になって辺りを見回すグレン。現金な猫……神獣である。

そのお陰かすぐにグレンが『ん？　あの店はどうだ？』と言ってきた。

グレンが目で示した方を見ると、大小様々な紙袋に入ったものを並べている店があった。近づいていくと、砂糖、塩、小麦粉などの文字が目に入った。

よかった。この世界でも砂糖は砂糖、小麦粉は小麦粉というらしい。

まぁ、クランリー農場でもらった塩もセレンさんたちはちゃんと塩と言っていたから予想はついたけど。

各袋の前面には、商品名と金額が書かれたプレートがあった。私はそのプレートを一つ一つ確かめていった。

えーと、砂糖は……

ん？　五千ロン？　え？

「高っ！　砂糖高っ！」

思わず声に出してしまった。さっき、野菜をたくさん買って千ロンだった。一キログラムくらいの大きさの袋に入った砂糖が五千ロンとは……

「そうよねぇ、高いわよねぇ。でも仕方がないのよ。砂糖は王都近くの工場でしか作られていないから」

私の声を聞いたのか、明るめの金髪を一つに結んだ年配のおばさんが申し訳なさそうな声を上げた。

おばさんの話によると、砂糖工場は王都近くに一つしかなく、規模は大きいのだが輸送コストが高く付くそうだ。加えて国内全体に行きわたるには足りず、必然的に値段が跳ね上がっているのだとか。

きっと、レストランにデザート類がないのも砂糖があまり出回っていないせいでスイーツ文化が育っていないせいなのだろう。

「お嬢さん、大袋はちょっと高いけど、中袋や小袋に入ったものもあるのよ。中袋は三千ロン、小袋は千五百ロンだけど、少し安くしてあげるわよ」

私があまりにも悩んでいる顔をしていたせいか、おばさんは値下げを提案してくれた。

結局私は、中袋を二千五百ロンで売ってもらった。大体五百グラムくらいだろう。

ついでに胡椒一瓶（これも手のひらに乗るくらいの小さな瓶で三千ロンもした）と大豆を大袋で一つ、そして三種類のお茶を購入した。

「お姉さん、ボル肉が欲しいんだけどお肉屋さんはどこにありますか？」

「あらあらあら、お姉さんなんてそんな歳じゃないわよぉ。そうね、お肉ならゼフィロじいさんの店がいいと思うわ。新鮮で安いから。この道を真っすぐ行ってすぐ右側にあるわよ。ああ、ちょっと待って。一筆紹介状を書いてあげるわね。きっとサービスしてくれるわよ」

ちょっと年配の女性にお姉さん発言。これぞ処世術である。そのお陰かどうかは分からないけど、紹介状をもらったからよしとしよう。

おばさんの言った通り、ゼフィロじいさんのお肉屋さんはすぐに見つかった。ゼフィロじいさんは短い白髪頭ではあるが、筋肉質でがたいがいいので、じいさんと言われるほどの歳には見えなかった。

紹介状を見せると「ほう、ミラさんの知り合いかぁ」と言ってとても安くしてくれて、ついでにボル肉の塩漬けなるものをおまけにもらってしまった。前世で言うとハムみたいな感じだ。

知り合いじゃないけどね。でも、ありがとうおばさん……じゃなくてお姉さん。

私は心の中でそっとお礼を言った。

最後に雑貨屋さん風のお店があったので、そこに並んでいたお皿とカトラリーを購入した。ラシフィーヌ様は私の分しか準備してくれなかったようだから。

そう愚痴を言ったら、グレンいわく、ラシフィーヌ様は私が自分の気に入ったものを準備した方がよいだろうとわざと省いたそうだ。

色々買って満足した私は、グレンの背中に乗って帰宅した。

この日使ったお金は、服類五千ロン、魔導カメラ二万ロン、食事代三千六百ロン、野菜千ロン、砂糖二千五百ロン、胡椒三千ロン、大豆五百ロン、お茶三種類で六百ロン、ボル肉約一キログラム（おまけのハム込み）二千ロン、食器とカトラリーセット四万ロン、乗り合い馬車代二千ロンで、合計八万二百ロンだった。

手元にあった二十万五千ロンから差し引くと、残金は十二万四千八百ロンになってしまった。

本格的に稼がないと持ち金が減るばかりだわね。

ついつい、残金を見て溜息をついてしまう私だった。

第十一話　砂糖を探せ！

ヨダの町に買い物に行った翌朝、私はベッドの上で胡座《あぐら》をかいて思案に耽っていた。

さて、どんなお店をやりたいか、初心に返って考えてみよう。

前世では、「小さな森の喫茶店」と命名しようと思っていた。

うん、どこかにありそうな名前だよねぇ。

もしこの名前を付けた場合、問題がある。

小さいのは森なのか？　喫茶店なのか？　という問題だ。

前世の場合はよかった。森も喫茶店もどちらも小さかったのだから……

でも、今回は小さな喫茶店というのは合っていると思うが、ここの森は小さくはない。

というか、どっちかにかける必要はないんだけどね。

なんだかどうでもいいことを考えてしまった。ハッキリ言ってどっちでもいい。

とりあえず、命名問題は後にして食材集めをしたいと思う。

私がお店を始めるにあたり、絶対に外せないことがあるのだ。

お店でスイーツを提供することだ。

そう、スイーツ問題……というかつまり、砂糖問題だ。

スイーツに砂糖は欠かせない。

通常、飲食店で料理に値段を付ける時の相場は、原価の三倍を目安にする。

もしこのままお店で購入した砂糖を使うとしたら、値段がとんでもないことになる。

この世界ではスイーツは全然浸透していない。値段が安ければ試しに食べてみようとするかもしれないが、美味しいかどうか分からない、初めて見る料理を誰が好んで高額で試すだろう。

前世でよくあった、無料で試食してもらうという方法も原価が高ければ難しそうだ。

お店で砂糖が買えない、となると自分で砂糖を確保しなければならない。

そこで考えた。

私は前世で砂糖の代わりにデーツを使ってスイーツを作ったことがある。

デーツとはナツメヤシの実で、木に生ったままで自然乾燥、完熟し深い甘さを持つのが特徴だ。

前世では一時期、美容や健康効果が高いと注目されていたことがあり、スイーツ好きの私はダイエット目的で砂糖の代わりにデーツを使ったお菓子をよく作っていたのだ。

だからもしかしたらこの世界でも砂糖の代わりになる、なんらかの植物があるのではないかと期待している。

できればこの近く、ガイストの森にあれば嬉しい。

前世での砂糖の原料は、サトウキビか甜菜《ビート》だった。この世界でも砂糖が存在するのだから同じかどうか分からないが、似たような植物があるのは確かだ。

だって、お店で売っていたからね。高かったけど……

というわけで、早速タブレットで調べてみることにした。

——このガイストの森で砂糖の代わりになる植物はある？


トーシャの根。ガイストの森のところどころに生息しているが、一番近いのはこの場所からカリンの足で二十分ほど東南に歩いた場所。根の中心にある糖の結晶を砕いてできる粉末は地球の砂糖に近い。

メルプの木の樹液。地球のメープルシロップと同じである。赤松の群生の手前に生息。カリンの足でこの場所から約百二十分。

「おぉ！　なんと二種類もあるではないか！　しかもメープルシロップ！　あれ、ホットケーキにかけると美味しいのよねぇ」

嬉しくなってテンションはマックスである。

そこでふと閃《ひらめ》いた。トーシャって漢字にすると糖砂《トーシャ》？

「てか砂糖の逆じゃん！」

ついつい叫んでしまった。

私が大きな声を出したものだから、私が作った籠の中で寝ていたグレンがビクッとして顔を上げた。

グレン、あなた本当は猫なんじゃないの？

そう心の中で突っ込む私。

それでは早速、採取しに行こうと思う。メルプの木の場所は少し遠いので、今回はまずトーシャの根から砂糖をゲットすることにしよう。

「グレン、行くわよ！」

そう声をかけると、グレンは欠伸をしながら伸びをした。

「グレン、やっぱりあなた普通の猫じゃない？」

あっ、つい心の声が出ちゃった。

『某は普段から猫の演技を極めるために努力をしているのだ』

苦し紛れに弁明しているだろうことを知りつつ、肯定してあげることにした。

「うん、そうだね。努力、それ大事だよね」

『よし、それでは参ろうか』

私の言葉をスルーしてグレンが私を促した。

せっかく肯定してあげたのにあんまりではないか……

私は溜息をつきながらグレンの後に続いて森に繰り出した。


木々の間を擦り抜け東南に二十分ほど歩くと、私くらいの背丈があるススキのような穂の植物が辺り一面に群生していた。

このススキのような植物がトーシャというらしい。

あれ？　砂糖の原料がこんなにたくさんあるのに、なんで市場であんなに砂糖が高かったの？

そう疑問に思ってハッとした。

もしかして知られていないの？　このトーシャの根に砂糖の原料になるものが含まれていることが……

でも、たとえそうだとして、このことをそう簡単に言っていいのかしら？　そもそも砂糖って高価よねぇ。報告の義務ってあるのかしら？

まぁ、今考えても仕方ないから、後でダンテさんに聞いてみようっと。

そう結論づけて私はトーシャの根を掘り出すことにした。

とはいっても私に使えるのは生活魔法と創造魔法だけで、土魔法は使えない。

掘り出すのはグレンにお任せだ。

グレンは四大元素の魔法全てが使え、その中には攻撃魔法も含まれる。さすが神獣だけある。

なんだかただの猫扱いしてごめんね……心の中で謝っておいた。

私はグレンが掘り出したトーシャの根をナイフを使って割る。トーシャの根は意外と大きく、メロンぐらいある。それをナイフで真ん中から割った。

固い皮の中には、ソフトボールほどの大きさの薄茶色の半透明な塊が詰まっていた。大きな氷砂糖のようだ。固い皮を避けて、砂糖の塊を取り出した。これで砂糖五百グラムくらいかなと当たりを付けた。

同じようにして次々とグレンが掘り出したトーシャの根から砂糖を取り出し、どんどん肩かけバッグを通して食品庫に保存していった。

かなりたくさんゲットできた。私はグレンと一緒にホクホク顔で帰路に就いた。


家に帰ってからは、砂糖を小さくしてからせっせと魔導フードプロセッサーで粉砕した。砂糖がちょっと固くてどうかと思ったが、ナイフも魔導フードプロセッサーも切れ味抜群だった。

これって普通の切れ味なのか疑問に思ったが、まぁ切れないよりもいいかぁと気にしないことにした。

粉砕した砂糖を舐めてみたら、ちゃんと砂糖だ。色は若干茶色っぽいが、問題ない。

それにしても、砂糖にしろ米にしろ茶色っぽく見えると健康によさそうに思えるのはなんでだろう？

ふとそんな疑問が浮かび、タブレットで出来上がった砂糖を鑑定してみた。


トーシャの砂糖。ミネラル豊富。滋養強壮によい。


うん、本当に健康にいいみたいだね。

さて、このくらいの量があれば十分だろう。

色んなスイーツが作れるね。

私は嬉しくて自然に顔が綻《ほころ》んだのだった。

◇◆◇

小麦粉、卵、バター、砂糖を手に入れたからこれでやっとお菓子が作れる！

今日はお菓子作りに専念しようかなぁ。

ルンルン……

と喜んでいたのも束の間、肝心なものがないことに気がついた。

そう、お菓子を入れる容器や袋がないではないか！

ガーン!!

失念していたことにショックを受け、床に手をついて項垂《うなだ》れる私。

セレンさんたちに持っていくためには入れ物が必要だし、何よりも私はお店を開きたいのだ。喫茶店のような飲食店を。そこに持ち帰りできるスイーツを置くのは必須事項だ。

ラシフィーヌ様が造ってくれたこの店舗にだって、スイーツ用のガラスケースがある。そう考えるとなんとしてもお菓子を入れる容器や袋を準備しなければならない。

ここで項垂れている場合ではない。私には強い味方、ラシフィーヌ様からもらったタブレットがあるではないか！　立ち直りだけは早い私は、早速タブレットに聞いてみることにした。

——お菓子用のラッピング袋……ＯＰＰ袋のようなのって作れる？

タブレットを呼び出し、頭の中にイメージを浮かべながら質問する。

蜜蝋《みつろう》、樹脂で製作可能。材料採取可能場所…………

目の前に現れたタブレットが答えと共に、材料採取可能場所の地図を表示する。採取場所もそれほど遠くない。

「おお！　できるんじゃん！」

次に紙袋とパウンドケーキやカップケーキに使う型の作り方を聞くことにした。


ヨウシの木の実。つや出し用に樹脂。


と、どれも同じ材料でできるらしい。

ん？　ヨウシの木って何？

これもタブレットに尋ねる。


ヨウシの木とは、紙製作に適している実が生る木である。ヨウシの木の実の内側は紙を作製するために最適な繊維が詰まっている。


うん？　もしかしてヨウシの木、即ち用紙の木ってこと？　とすればなんか名前通りの木ってことなのか？　誰がこんな安易な名前を付けたのかしら？

という疑問はさておき、私はグレンと共に早速お菓子用の容器と袋を作る材料採取のために家を出る準備をする。

そうだ、お弁当を作ろう！

突然の思い付きである。

とはいえ、お弁当箱がないわね。まぁ、お皿に盛って食品庫に入れておいてバッグから取り出せばいいか。

前世ではプラスチックのお弁当箱が主流だったけど、この世界にプラスチックなんて素材あるのかしら？　大体にしてお弁当という習慣さえあるのか分からない。

まぁ、いいかあ。今考えたって分からないものは分からないのだ。とにかく、今はお弁当作りだ。

そうだ、セレンさんからもらったお米があるから、おにぎりを作るのもいいかもしれないわね。

具がないからただの塩おにぎりになっちゃうけど。

でも、もらったお米って玄米のままだったわね。精米器が欲しいところだけど、玄米のまま炊こう。炊き方次第でそれなりに美味しくできるからね。

私が「お米が欲しい」って言ったらみんな訝しげな目をしていたけど、ちゃんとした調理法を知れば気に入ると思うんだけどなぁ。

鶏の飼料としてしか利用していないなんて勿体ないでしょ。今度お米の炊き方を伝授しようかな。

塩おにぎりだけじゃ寂しいから、何かおかずも作ろうっと。卵焼きに市場で買ってきた野菜、そしてハムもあったわね。

うーん、でも玄米を炊くのはいいんだけど、白米を炊く時よりも吸水時間を長くする必要があるのよね。

「どうしよう、吸水させる時間が足りないよう……」

思わず嘆きの言葉がこぼれた。

『ならば、魔導レンジを使えばよかろう』

「魔導レンジ？」

グレンの言葉に、私の頭にはてなマークが浮かんだ。

『魔導レンジには時間促進機能が付いておる。それを利用すれば問題が解決するのではないか？」

なぬ？　そんな機能が？　初めて知った。

「え？　でもそんなボタンあった？」

『熟成のボタンがあったであろう。それは所謂時間を促進させる機能だ』

「おおう！　なるほど！」

問題解決。ということで早速玄米をざるに入れて研いでいく。本来なら玄米は研ぐ必要はないんだけど、吸水しやすいように力を入れて強めに研ぐ。そうすることによって表面に傷が付いて吸水しやすくなるのだ。

研いだ玄米を水に浸したまま魔導レンジに入れて、五時間ほど時間を促進させた。白米は三十分ほど水に浸ければいいんだけど、玄米の場合は芯が残りやすいので白米の時よりも長めに水に浸す必要がある。

それでは早速玄米を炊いてみよう。水加減はお米を手のひらで押して手の甲が隠れるくらい。白米よりもちょっとだけ多めに。

うん、これでヨシ！

今回は時間短縮のため圧力鍋を使おう。

ラシフィーヌ様は普通の鍋は準備してくれなかったのに、なぜか圧力鍋は準備してくれていたようだ。本当にどういう基準で調理器具を揃えてくれたのか謎である。

では早速、しっかりと蓋をして火にかける。最初は強火で、蓋の穴から蒸気が出始めたら圧がかかった印なので、弱火にして十五分ほど炊く。最後に火力を強くして余分な水分を飛ばす。火を止めてから上に布巾をかけて十分ほど蒸らす。

「おおう！　なかなか美味く炊けたのではないかい？」

一口食べたらふっくらモチモチだった。底の方に少し焦げ目が付いているのも香ばしくてグッド！

熱すぎるので皿に一度炊いた玄米を軽く盛って、少しだけ冷ましてから塩おにぎりを握った。

「ん？」

視線を感じてグレンの方を見ると、キラキラした目でこっちを見ていた。

「もう、しょうがないなぁ」

苦笑しながら小さめの塩玄米おにぎりを握ってグレンにあげる。

はふはふと美味しそうに食べるグレンにほっこりした。

炊いた玄米はすべて塩おにぎりにしてお皿に盛り、食品庫にしまった。これでほかほか状態を保てるはずだ。

次に卵焼きを作る。

醤油も出汁もないので砂糖と塩を入れてみる。それから白身が黄身とすっかり混ざるまでしっかりとかき混ぜる。

フライパンに油をひいて少しずつ卵液を入れクルクルと巻いていく。何度も繰り返し、表面がクレープみたいな綺麗な卵焼きが出来上がった。

次にハムを厚めにスライスして両面を軽く焼く。それだけで美味しそうだ。

うん、野菜も必要だね。

市場で買った人参とジャガイモを千切りにする（この世界で同じ名称か分からないけど私の中では人参とジャガイモに見える）。

油をひいて炒めて塩で味付けしたら、最後にゴマを振りかける（ゴマはこの世界でもゴマという名称だった。この家の裏でゴマの花に似た植物を見つけたのでタブレットで調べてみたら、本当にゴマだったのだ）。

これで人参とジャガイモの塩きんぴらの完成だ。本当は醤油とみりんがあればいいんだけど、これはこれで美味しい。

ついでに果実水を作ろう。

実は、神の庭にあった大きな岩から水が湧いているのを見つけたのだ。この水は私が最初に会った時にグレンからもらった命の泉の水と同じだと聞いた。

所謂、簡単に世に出せないヤツだ。

グレンは生命力が湧き出るだけで他に効能はないから問題ないと言ったけど、普通の水は生命力が湧き出ることはないから問題だらけだと思う。

でも、私とグレンが飲むなら大丈夫だろうと思って、この水を使って果実水を作ることにした。

瓶に果物を切って入れ、命の泉の水を注ぐ。どうせだから多めに作っておいた。

朝食には以前作っておいたフレンチトーストにカッテージチーズと細かく切った果物を載せて蜂蜜をかけて食べた。

グレンも気に入ったようで、すごい勢いで食べていた。

『カリン、そろそろ行った方がよいのではないか？』

私が後片付けをしていると、痺《しび》れを切らしたグレンが声をかけてきた。

作った料理を早く食べたいのかもしれない。

でもね、グレン、早く行けば早く食べられるということではないのだよ。

私は心の中でグレンに言い聞かせるように呟いた。

目的地に辿り着くと、製作作業はサクサクと進んだ。

最終的には、様々な種類のケーキ型、ケーキを入れる箱、前世の某ドーナツ屋さんでよく見かけた箱、透明なOPP袋を三種類の大きさで作製した。

念のため多めに作った。因みに、この袋や箱には食品を入れたら時間停止、一度使って食品を出したら分解する機能を魔法で付与した。

つまり、腐らない、ゴミにならない仕様だ。ラシフィーヌ様からもらった創造魔法はマジで使える。

一通り作り終えて満足したので、今朝作ったお弁当を食べることにしよう。

皿に載ったおにぎりとおかずを食品庫から出して食べるから、実際にはお弁当っぽくないけど細かいことは気にしないのだ。

確かこの先の白っぽい木の奥は、少し開けていてゴロゴロした大きな岩が土から生えるように埋まっていた場所だ。そこに座って食べよう。

私とグレンはその場所に移動することにした。

「あれ？　グレン、どうして突然立ち止まっているの？」

目的の場所までもう少しというところで、グレンはジッと目の前にある木の奥を見つめた。

『ふむ、この先に誰かいるようだぞ』

私はドキリとしてグレンの声に気を引き締めたのだった。

第十二話　言わなきゃ分からない

この先に何者かが潜んでいるのだろうか？　でもこんな所に潜む必要があるとは思えない。

誰だろう？

『まあ、悪い気配ではないから、そう緊張することもないと思うぞ。ほれ、カリンも会ったことがある者たちだ』

「え？　そうなの？」

グレンは気軽に言って、その木の奥に進んでいく。グレンがそう言うなら大丈夫なのだろう。

私はグレンの後に続いた。

思った通り、白っぽい木の奥には岩があったのだが、以前とはその風景は異なっていた。以前はそこには誰もいなかったからだ。

今は見覚えのある三人の女性がそこにいた。

一人は岩に腰かけ項垂れ、一人は草むらに仰向けに横になり、もう一人は岩を背に座っている。

なんだか三人ともぐったりしている様子だ。

間違いなく数日前に会った親切な冒険者のお姉さんたちだ。えーと、名前は確か……

「ベッキーさん、メラニーさん、ティアさん。どうしたんですか？　大丈夫ですか？」

私はなんとか名前を思い出し声をかけると、三人はゆっくりと顔を上げた。

「……あれ？　確か君はこの前森で会ったお嬢さん、えーと名前は……」

「あの、カリンです」

「あーあ、そうそうカリンちゃん、相変わらず一人で森をうろついているんだね」

ベッキーさんは私の顔を見ると、弱々しく微笑みながらそう言った。

三人ともとても顔色が悪くて、心配になる。

「あの、本当に大丈夫ですか？　どこか具合が悪かったり、怪我してたりするんですか？」

「心配させてごめんね。私たち、そんなに酷い状態に見える？　でも大丈夫。ちょっと空腹感と疲労感で動けないだけだから」

ベッキーさんの話によると、今回依頼を受けた仕事は不治の病を治療するための貴重なきのこ採取だったらしい。そのきのこは赤松の群生の先にある魔獣がいる場所にしかなく、クラの木という木に寄生する珍しいきのこだという。

予定では、少なくとも翌日には帰るはずだったが、思ったよりも手間取って四日もかかったそうだ。そのため、持参した食料も底をつき、水も今朝なくなってしまったのだと言う。

なんとか気力でここまで辿り着いたが、水場を探す途中で歩くのも辛くなり休んでいたそうだ。

私はそのことを聞いて、朝に作っておいた果実水のことを思い出し、バッグから取り出した。

「あの、水ならあります。よかったらどうぞ」

「えっ？　いいのか？　悪いな」

「ありがとう」

「助かるわ」

私は果実水の入った瓶を取り出してそれぞれに渡した。

多めに作っておいてよかったわ。

「ん？　なんだこれ？　何か入ってる……」

ベッキーさんが瓶を目線まで持ち上げてジッと凝視している。

「ホントだわ。何か入っているわね」

「なんでしょう？」

メラニーさんとティアさんも同じように瓶を持ち上げて凝視した。

「あっ、それ果実水です。果物を細かく切って入れてます」

「果物……うん、美味いな」

「そうね、美味しいわ」

「うん、美味しい……生き返るようだわ」

三人は口々にそう言って味わいながら果実水を飲み干した。

「ありがとう、カリンちゃん。お陰でなんだか大分楽になったよ」

「本当に、不思議とさっきまでの疲れが取れてきた感じがするわ」

「ホントね、なんだか力が漲《みなぎ》ってくる感じがする」

あっ。私は三人の言葉を聞いて冷や汗が出る思いだった。

忘れてた……そういえばその果実水、命の泉の水と神の庭の果実を使ったんだった。

「あっ、あの、よっぽど喉が渇いていたんですね。皆さん、さっきよりも元気になってよかったです」

えーと、これでなんとか誤魔化せたかしら？

「ああ、そうだな。とても助かったよ。よっぽど喉が渇いていたんだと思うよ。それにこの果実水は本当に美味しかったから助かったよ」

「そうね、カリンちゃんのお陰で大分元気になったわ」

「私も。ありがとう、カリンちゃん」

「いいえ、どういたしまして」

うん、なんとか変に思われずに済んだみたいね。よかった、よかった。

私は密かに安堵の息を漏らしたのだった。

まぁ、そりゃあそうよね。まさか命の泉の水とか神の庭で採った果物を使っているとか言わなきゃ分かんないわよね。

たとえ言われたとしても、実際に見ていなければ私だったら「は？　命の泉の水？　は？　神の庭？　何言ってんの？　コイツ、頭湧いてんじゃね？　大丈夫か？」とか思ったり、胡乱《うろん》な目を向けたりするかもしれない。まぁ、そこまで思うかどうかは分からないけど……

そこで閃いた。

そうか！　言わなきゃ分からないんだ。

そしてさらにエスカレートして、だったら店で出しても大丈夫じゃね？　と思った。

うん、大丈夫だよね。きっと……

「カリンちゃん？」

ベッキーさんの声で我に返った。また私の頭はトリップしていたらしい。

「あっ、ごめんなさい……あの、よかったら私の店に来て試食してもらえませんか？」

「「店？」」

「はい。私、今度この森の入り口付近で飲食店を開こうと考えているんです。それで、よかったら試食して感想をもらえたら嬉しいんですが」

よっぽどお腹を減らしているらしいので、試食を口実に何か食べ物を提供しようと思ったのだ。

それに、私の料理がこの世界の人たちに受け入れてもらえるのか、いずれ誰かに試食してもらいたいと思っていたからいい機会だ。

「え？　いいのかい？　私たちは丁度お腹が空いているから願ってもないことだけど……」

「はい、もちろんです。誰かに試食してもらいたいと思っていたから。ここから歩いてすぐなので一緒に来てもらってもいいですか？」

「それじゃあ、遠慮なく行かせてもらおうかな。もちろんお金は払うよ」

「いいえ、まだ材料も揃ってなくて大したものは作れないから、お金はちゃんと店をオープンしてお客様として来てもらった時でいいです」

「そうか、じゃあ今回はご馳走になるよ。オープンしたら必ず客として食べに行くからよろしくね」

こうして、ベッキーさんたち三人に私の店で試食してもらうことになった。

よし！　常連客ゲットだ！

勝手に常連客と決めつける私であった。

◇◆◇

私はベッキーさんたちを伴って帰路についた。

ベッキーさんたちは果実水を飲んで大分元気になったようだ。

顔色も最初に会った時よりもいいし、歩くのも問題ないように見える。

歩いて十分ほどで家の前に着いた。

「へぇー、こんな所にこんな家があったなんて知らなかったよ」

「本当、可愛らしいお家ね」

「正面が店になってるのか」

「はい、まだ準備中なんだけど近いうちにオープンするので是非食べに来てくださいね」

「「「もちろん」」」

私は、ベッキーさんたちにこの家が見えたことに安堵《あんど》した。もちろん、ベッキーさんたちに害意があるとは思っていなかったけど、それでも人の心は分からないものだから。

特に私はすぐに人を信じてしまうらしく、前世でも何度か騙《だま》されたことがあった。

初めての彼氏に騙された時はそれはもうショックだった。

事業を始めたいからと言われ何度かお金を貸して、そのことを働いていた店のオーナーさんにおかしいと指摘されて初めて、騙されていたことに気づいたのだ。

しかもその彼氏には、他に付き合っている女がいたのだ。

そして、次に付き合った彼氏は妻子持ちだったことを隠して私と付き合ったのだ。

あっ、思い出したらなんだか悲しくなってきた。

なんとか悲しい記憶を振り払いながら、エントランスに入り三人に席に座るように促した。

それにしてもまだ私の店で何も食べたことがないのに、簡単にオープン後の来店を約束するベッキーさんたち。

なんか、たとえまずくても私のためにと何度も店に食べに来そうだ。

「なかなかいい店じゃないか」

ベッキーさんが店を見回しながら言う。

「本当ね、シンプルだけどなんだか落ち着くわ」

「うん、落ち着く」

メラニーさんとティアさんも続けて言った。

どうやら気に入ってくれたようだ。

なかなか好評で安堵した。

「少しだけ待っていてくださいね。簡単なものだけどすぐに作るから」

「急がなくていいよ」

ベッキーさんの言葉を背に、私は厨房へ向かい調理を始めた。

三人に試食してもらうのはフワフワパンケーキにしよう。

小麦粉、バター、卵、砂糖、牛乳、果物を食品庫から出してくる。

フワフワパンケーキはベーキングパウダーなしでも作れるのだ。

コツは、卵を卵黄と卵白に分けてどちらもしっかりかき混ぜること。

まずは卵白。

しっかりとツノが立つまでかき混ぜ、メレンゲを作る。

これ、泡立て器で混ぜるのは結構疲れるよね。

でもなんと、ラシフィーヌ様は魔導泡立て器なるものを準備してくださったのだ。

というわけで、難なくメレンゲが完成！

完成したメレンゲに少しずつ砂糖を混ぜていく。

卵黄の方は少しずつ牛乳を入れて、その後小麦粉も入れてよく混ぜ合わせる。

ちゃんと混ざったら、この中に数回に分けてメレンゲを混ぜていく。

ふわふわのメレンゲが潰れないように、切るように混ぜるのがコツだ。

今は木のへらで混ぜているけど、ゴムべらが欲しいところだ。

ゴムって確かゴムの木の樹液から作られるんだっけ？　よく分かんないけど……後でタブレットに聞いてみるか……

そんなことを考えながら混ぜていると、ふわふわのパンケーキ生地が完成した。

温めたフライパンを冷まし、再度火にかけてたっぷりのバターをひく。バターの香りが漂ってきた。

バターが溶けたら先ほどかき混ぜたばかりの生地を流す。

弱火で中まで焼けたら完成だ。

魔導レンジに牛乳を入れ、時間を促進させる。浮いてきた脂肪分をすくって砂糖を入れて泡立てて生クリームを作る。

色よく焼き上がったパンケーキをお皿に載せて緩めに泡立てた生クリームを上にかける。さらにその上に果物を散らし、蜂蜜をかけた。果物は森で見つけたブルーベリーとレッドベリー。

バナヌは使わない。

驚かれるからね。クランリー農場で経験済みだから、バナヌがどんなに高級果実なのかもう知っている。私は学習したのだ。

ふと視線に気がつくと、グレンがカウンターの上からキラキラした瞳を向けていた。どうやら美味しい匂いを嗅ぎつけたようだ。

いや、あなたさっきまでそこの籠で寝てたわよね。

と心の中で突っ込んだが、その様子がとても可愛かったのでグレンの分も準備した。

もうグレンは猫だと思うしかないだろう。もう、思っているけど……

ハッとして、ベッキーさんたちの方を見ると、グレンと同じようにキラキラした目をしてこっちを見ていた。

バターの香ばしい匂いで、期待が膨らんだのかもしれない。

気に入ってくれるといいな。そう思って、ミルクたっぷりのチャーゴ茶と一緒にベッキーさんたちが座っているテーブルに運んだ。

「わぁお！　美味そうだね。これ、なんていう料理？」

「あの、フワフワパンケーキっていいます」

「あれ？　この上にかかっているの蜂蜜じゃない？」

「本当だ！」

「こんな高級品を使った料理、本当にタダで食べていいの？」

「大丈夫です。実はこの蜂蜜、自分で採ったんです」

私がそう説明すると、三人はポカンとした顔をした。

きっと、こんな小娘がどうやって蜂蜜採取に成功したのかが不思議なのだろう。

「蜂の巣って結構高い木の上にあるよね」

「蜂蜜採取はベテランじゃなきゃ厳しいのに、どうやったの？」

「蜂に刺されなかったの？」

口々に疑問を投げかけられた。

私の答えは決まっている。

万が一聞かれたらそう答えようと思っていたのだ。

「もちろん、それは秘密です」

そう。「秘密」と言えば多くの人はなぜかその先を追求しなくなるのだ。

前世にだって、会社には企業秘密というものがあった。そして、様々な飲食店にも秘密のレシピというものが存在していた。

私だって、前世で喫茶店を開店するために試行錯誤しながらレシピを考案していたのだ。

レシピを考案するのは時間と労力がかかる。満足のいくレシピが完成するまでに何度も失敗したことを思い出した。

そんな大変な思いをして完成させたものは、そう簡単に人に教えられないのは当然のことだと思う。

といっても、蜂蜜の採取は試行錯誤なんてしてないけどね。

でも、私の言葉を受けてベッキーさんは「まぁ、そりゃあそうだよね、自分の秘密兵器をそう簡単に教えられないのは分かるよ」と言って納得してくれた。

メラニーさんとティアさんもうんうんと頷いている。

これで蜂蜜採取問題は解決だ。

さて、あとは私が作ったパンケーキを気に入ってくれるかどうかだ。

「さあ、冷めちゃわないうちに食べてみてください」

私がそう言うやいなや、三人はパンケーキを一口、口に入れた。

やっぱり相当お腹が空いているようだ。と思っていたら……

あっ、三人が固まった。初めて食べた味に驚いたのだろうか？

「なんだ？　このフワフワしたパンにほんのり甘い白いソース、爽やかな果物の酸味がそれと絡み合い蜂蜜の甘さが口に広がる」

食レポのような感想を言うベッキーさんは、目を閉じながら味わうように噛みしめている。

「本当に、この白いソースと蜂蜜の甘さは癖になるわ」

メラニーさんがベッキーさんに続いて食レポする。

ティアさんは無言で食べ続け、箸《はし》……じゃなくてフォークが止まらないようだ。

三人はあっという間に完食して、空になったお皿を寂しそうに見つめていた。

それに気づいた私が思わず「あの、おかわりありますよ」と言ったら、結局ベッキーさんは二回、メラニーさんとティアさんはそれぞれ一回ずつおかわりをした。

「悪いな、お金払うよ」と言った三人をなんとか宥めて、今度来てくれたらしっかりとお代をいただきますと言って納得してもらった。

それと、冒険者仲間に私の店を宣伝してくれるそうだ。オープンしたら、冒険者ギルドに伝言を頼むか宅送鳥で知らせてほしいと言われた。

冒険者ギルドって本当にあるみたいね。まぁ、冒険者がいるのだから当然かぁ。

それよりも宅送鳥、やっぱり必要よね。

私は、昨日会った天才魔導具師に相談することにしようと決め、なぜかそこにダチョウに似た鳥が思い浮かんだのだった。

第十三話　魔法で料理は作れない！

ピカッ！

一瞬光り、魔導カメラの上に付いている液晶画面らしき場所に数字の「1」が表示された。

「ふむふむ、こういう仕様になっているのか」

私は魔導カメラを眺めながら呟いた。

何をやっているのかというと、昨日作ったフワフワパンケーキをカメラに収めているのだ。

魔導カメラの使い方は前世のデジカメと同じで、レンズに写して上に付いている赤いボタンを押すだけだ。

このカメラで撮った画像を後で紙に印刷してメニュー表を作ろうと思う。

画像が千枚も保存できて、さっきの「1」というのが写した枚数のようだ。この数字は画像の枚数を表すが、画像自体に付けられた番号にもなっているようだ。

この番号が表示された横に上と下の矢印が付いていた。これを押して目当ての数字を表示させるとカメラの裏側に画像が現れ、目で確認することができる。

使い方をあらかた覚えた私は早速準備に取りかかる。

念願のお菓子作りだ。

昨日、ベッキーさんたちは私が作ったパンケーキの味をかなり気に入ってくれたみたいだった。

この世界でも私の料理が通用することを知り、安心した。

クランリー農場のみんなにも試食はしてもらったけど、私に対してとても甘い態度なのでお世辞ではないだろうかと多少の疑念があったのだ。

でも、ベッキーさんたちの様子を見てそれは杞憂だったと確信した。

もし、口に合わないものを無理に食べていたとしたら、いくらなんでもおかわりなんてしないだろう。

これで自信を持ってクランリー農場へのお土産にお菓子を持っていくことができる。

そう、いよいよ明日、クランリー農場を再訪するのだ。

それではいざ！　お菓子作りをスタート！

私は気合いを入れた。

材料は、この前作っておいたカッテージチーズ、小麦粉、牛乳、砂糖、塩、卵、レモン。

そう、チーズケーキを作るのだ。一人ずつに分けやすくするためにカップケーキタイプにしよう。

まずは先日作っておいたカッテージチーズを滑らかになるまで混ぜる。次に卵を卵白と卵黄に分けて、卵白はメレンゲになるまで、卵黄は砂糖を入れて白っぽくなるまで混ぜる。

卵黄を混ぜた方に小麦粉、滑らかになったカッテージチーズ、レモン汁を入れさらに混ぜる。そこに混ぜながら少しずつ牛乳を加える。

最後にメレンゲを三回に分けて切るように混ぜていく。

カップケーキ型に出来上がった生地を入れて、温めておいた百八十度のオーブンで四十分焼く。

だんだんと甘い匂いが漂ってきた。グレンがオーブンの方をジッと見つめている。

ふふふっ、待ち遠しいのね。

「出来上がったらグレンにもあげるから、もうちょっと待っててね」

『ふむ、当然某も味見をせねばならぬからな』

私はグレンの言葉にクスリと笑った。

チーズケーキを作るのは簡単な方だけど、それなりに手間と時間がかかる。

そうだ！　私にはラシフィーヌ様からもらった創造魔法があるではないか！　なぜ気がつかなかったんだ？

創造魔法で作ればいいじゃないか！

私は早速材料を並べて手のひらに魔力を込めた。

材料の上に複雑な魔法陣が浮かび上がり光が覆う。光が収まると、そこには頭に描いていた通りのカップに入ったチーズケーキができていた。

「なんだ、簡単じゃん。最初からこうやって作ればよかったのよね。あれ？　でもそれなら料理道具、揃えなくてよかったんじゃない？」

今気がついたことにちょっとショックを受けてしまった。

「では味見をしてみようか。どれどれ」

そう言いながら創造魔法で作ったカップチーズケーキを手に取り、スプーンですくって口に入れた。

「ん？　何これ？　味がしない……なんで？」

見た目は頭に描いた通りの美味しそうなチーズケーキに見えた。でも食べてみたら全く味がしなかった。そういえば匂いもしない。そんな私をジッと見ていたグレンが一つ溜息をついた。

『当たり前であろう。カリンはラシフィーヌ様より創造魔法を授かったのだ。ラシフィーヌ様は女神である故食べる必要がない。つまり、食べた経験がないから食べ物の味や匂いを創造魔法に組み込むことが不可能なのだ』

「………なるほどぉー」

一瞬固まった私は納得したように呟いた。

つまり、簡単に言うと創造魔法では料理ができないということらしい。いや、できるんだけど味も匂いもなくなるらしい。

結局、ちゃんと手間をかけて作らなければ美味しい料理にならないということね。でも、調理器具が無駄にならずよかったわ。それに、料理するのは嫌いじゃない。

料理しながらその工程の中で閃きがある。そこから新しい料理が生まれるのだ。こうしたらどうかとか、この材料の代わりにこれを入れたら美味しいのではないかとか、前世でも作りながら色々なアイデアが閃いたものだった。

それが一瞬で料理ができてしまったら閃くきっかけもなくなるというものだ。

「ピー！」

ん？　オーブンの終了音？　あれ？　こんな音だっけ？　まあいいか。

オーブンの扉を開けると、懐かしい匂いが漂い前世で食べたチーズケーキの味を思い出した。

「うん、美味しそうにできたわね」

満足のいく仕上がりに思わず笑みがこぼれる。ちらりとグレンの方を見ると、テーブルの上でスフィンクス座りをしてスタンバイしていた。

「ちょっと待っててねー、最後の仕上げをするから」

そう言って私は出来上がったカップチーズケーキの上に蜂蜜を垂らした。

お皿に載せるとグレンの座っているテーブルの上に置いた。グレンがジッとチーズケーキを見ている。

「あら？　これじゃあ食べづらいわね」

そう言って、紙でできた周りのカップ型を取ってあげた。

今度はハフハフしながら食べ始めた。

『ふむ、これはなかなか美味いな』

どうやらお気に召したようだ。

私も一つ取って味見してみる。

うん、仄かな酸味と上にかけた蜂蜜が相まってとっても美味しいわね。

味に満足した私はその後もカップチーズケーキを作り続けた。

出来上がったチーズケーキは昨日作った箱に詰めていく。前世でよく見た某ドーナッチェーン店の箱をパクったのだ。

私が作った箱の方は柄はなく、薄茶色の箱なんだけどね。

この箱には条件付き状態維持の付与魔法と条件付き分解の付与魔法が施されている。だからたくさん持っていってもこの箱から出さない限り腐敗しないし、使った後の箱も分解されて元素に返るからゴミにもならないのだ。

これでたくさん持っていっても邪魔にならないよね。

私は満足して明日の再訪をワクワクしながら待つことにしたのだった。

第十四話　無愛想な冒険者

ゆっくりと瞼を開けると家の中は薄暗かった。どうやら太陽がまだ昇り切っていないらしい。それなら二度寝をすればいいと思うのだが、なんだか妙に目が冴えてしまった。

「うーん……」

伸びをしてからベッドの上で起き上がる。

クランリー農場に行くのが楽しみで早く目が覚めてしまったのかしら？　なんだか遠足前の子供みたいだ。

そう思いながらベッドから下りて部屋の窓を開けると、微かに小鳥の囀《さえず》りが聞こえこの家が森の中にあることを思い出す。

「そうだ！　朝風呂しよ！　せっかく温泉があるんだもの。温泉といえば朝風呂よね。うん、そうしよう」

私はこの世界に来て初めて朝風呂に入ることにした。

やっぱり朝風呂は気持ちいいわね～。代謝促進効果もあってダイエットにもいいのよね。前世ではよくやったわ。でも今はどちらかというと痩せているから、その必要はないわね。

……まぁ、食生活が充実してきたので大分年相応になってきたと思うけど。

お風呂を上がるとお腹が空いたことに気づく。作っておいた玄米おにぎりと卵焼き、人参とジャガイモの塩きんぴら、焼きハムで朝食にしよう。

お弁当を作った時にベッキーさんたちと遭遇して、結局あの時食べることができなかったのだ。

時間停止機能が付いている食品庫に保存していたからできたてを食べられると思うと嬉しくなる。

厨房に行くと、グレンが待ち構えたようにテーブルに座っていたのが笑えた。

お腹空かせて待っていたんだね。

グレンの食べる姿に癒されつつ、朝食が終わると部屋のソファーに座ってお茶を飲みながらゆったりと寛ぐ。今日のお茶は市場で買ってきたミンティー茶にした。朝に相応しい爽やかな風味が口に広がる。

お茶を飲んでいるうちにウトウトしてきた。朝早く起きすぎたらしい。


『カリン、カリン、起きるのだ』

「ん？　グレン、どうしたの？　あれ？　私寝てた？」

私はグレンに起こされ、寝てしまっていたことに気づいた。

『人の気配がするぞ。誰かが近づいてきておるようだ。一人はあのラルクという少年のようだな。あと一人は……ふむ、初めて感じる魔力だな』

「ダンテさんが来たのかしら？　あっ、でもグレンが初めて感じる魔力なら違うわね……」

思考を巡らせている間に、グレンが私の部屋から出ていった。神獣だけあって魔力を扉に放ちドアを開けたのだ。

「グレン、ちょっと待って！　私も行くから」

私は急いでバッグを肩からさげてその後を追った。

外に出るとラルクがグレンの頭を撫でていた。その後ろには、赤茶の髪に深緑の瞳を持った体格のいい青年が立っていた。

顔はダンテさんに似てイケメンと言えるだろう。背や体格はがっちりしているけど、ダンテさんほどではない。これから育つのかもしれない。

黒いパンツに深緑のシャツの上に革の胸当て。腰に大きめの剣を差し、冒険者風の出で立ちが雰囲気に馴染んでいる。

前世ではコスプレと思えたような服装でも、イケメンが着ると様になっている。

うん、結構好みの外見かも……

「あっ、カリン、元気だった？　グレンも元気そうだね」

青年を勝手に品定めしていると、私の姿に気づいたラルクが声をかけてきた。

「君がカリンって子？　俺はショウ。父さんに言われて迎えに来た」

続いて、その後ろにいた青年が言葉を発する。どうやら思った通りラルクのお兄さんらしい。

確か冒険者をすると言って家を出ていったということだったよね。戻ってきたのかしら？

「あっ、初めまして。カリンです。迎えに来ていただいてありがとうございます」

「ああ」

私は前に出て挨拶をした。ショウがジッと私のことを見てぶっきらぼうに答え眉根を寄せた。

あら、その表情はどういう意味かしら？　驚きでもないし、嫌悪でもないようだけど、なんだか納得が行かないような感じ？　悪い人ではなさそうだけど……ダンテさんの息子だし。

「馬車で来たからそれに乗って。乗り心地はいいとは言えないけど」

ショウはそう言って私から目を逸らすとスタスタと歩いていった。

うーん、なんだろう？　避けられた？　それとも警戒しているのかなぁ？

『ねぇ、グレン。ショウから悪い気配とか感じていたりしないよね』

『ふむ、特に何も感じぬぞ』

私は念のため念話でグレンに尋ねた。神獣がそう言うのだから大丈夫なのだろう。

ショウが乗ってきたのは幌馬車だった。ラルクが言うには主に荷物を運ぶために使っているそうで、乗り心地は乗り合い馬車より大分悪かった。

ショウは御者台に乗って、私とラルクは荷台に乗った。揺れるし、お尻が痛くなった。長時間乗るのは耐えられないだろう。

馬車に乗っている間中、ラルクは絶えずショウの自慢話をした。

「ショウ兄《にい》はすごいんだ！　冒険者になってまだ二年なのに、もうランクがゴールドなんだ」

ゴールドがどれくらいのランクかよく分からないけど、ラルクの話では結構すごいらしい。

「Aランクの魔獣も一人で倒せるんだよ」

Aランクの魔獣がどれくらい強いのか分からないけど、ラルクの話では結構強いらしい。

とにかく、ショウは強くてすごいというのがラルクが言いたいことのようだ。

兄を尊敬する弟……うん、美しい兄弟愛……なのか？　まぁ、兄弟仲がよさそうでいいわね。私は前世でも今世でも兄弟がいないから少し羨《うらや》ましい。

とはいっても、今世のこの身体の持ち主に兄弟がいるかどうかは知らないが、女神様が転生する時に孤児だと言っていたので多分いないのだろう。

ショウは馬車に乗っている間、ラルクの話が聞こえていたと思う。そんなに大きな馬車じゃなかったし幌馬車だから御者台の方に幌の口が大きく開いているしね。

でも、農場に着くまで話に入ってくることはなかった。


馬車から降りると、ラルクが玄関へ向かって私の手を引っ張った。その時に、後ろから強い視線を感じた。

思わず振り返ると、ショウが眉間《みけん》に皺《しわ》を寄せてこっちを凝視していた。

私の視線に気がつくと咄嗟に視線を逸らしたけど、やっぱり私に鋭い視線を向けていたように思う。

なんなんだろうね？　本当に……

よく分からないので今は何も考えずスルーすることにした。

私たちが到着したことに気がついたのか、おもむろに玄関の戸が開いたかと思うと、セレンさんとマギーばあちゃんの姿があった。

一週間ほどしか経っていないのに二人の顔を見ると懐かしい気持ちになった。

「カリンちゃん、よく来てくれたわね！」

私の姿を目に留めるとセレンさんが駆けてきて、私を優しく抱きしめた。

「セレンさん、誘ってくれてありがとうございます」

「いいのよ。さあ、中に入って。ドロシーたちもカリンちゃんに会えるのを楽しみにしていたのよ」

セレンさんが私を家の中へ促す。

「カリンちゃん、待っていたよ。ゆっくりしていくんだよ。今お茶の準備をするからね」

「はい、マギーばあちゃん。ありがとうございます。お邪魔します」

マギーばあちゃんはキッチンの方に引っ込み、私はセレンさんの後に続いてリビングに向かった。

ショウとラルクはダンテさんとロイじいさんを呼びに行った。

私がリビングに行くと、スレンダーな美女と中肉中背の壮年の男性がソファーから立ち上がった。

「カリンちゃん、こちらが私の妹のドロシー。王都を拠点に営業しているパルトワ商会の、一応奥様ね。そしてこちらがドロシーの旦那で商会長のケリーよ」

セレンさんがそう言って二人を紹介してくれた。

「あなたがカリンちゃんね。会えるのを楽しみにしていたのよ。私たち、二、三年に一回行商をしながら帰省しているの」

姉妹だけあって、笑うとよくセレンさんに似ている。雰囲気はとても快活な感じだ。セレンさんよりも赤色が濃い茶髪と鳶色の瞳。ドロシーさんの動きに合わせてポニーテールが揺れている。

ドロシーさんの旦那さん、つまり商会長をしているというケリーさんは、亜麻色の髪に翡翠《ひすい》色の瞳で優しい顔立ちだ。とても商会長をしているようには見えない。そもそも商会長自ら行商をしているのって普通のことなのだろうか？

そんな疑問を抑えつつ、ケリーさんにも挨拶をする。

「よろしくお願いします。カリンです……」

「ほれほれ、突っ立ってないで座ったらどうだい？　お茶を持ってきたからね」

挨拶が終わると丁度いい具合にマギーばあちゃんがお茶セットを持って現れた。

その後、すぐにダンテさんとロイじいちゃんがリビングに入ってきた。

「カリン、今日はね、ドロシー叔母ちゃんが王都から珍しいお菓子を持ってきてくれたんだよ。カリンも一緒に食べよう！」

ラルクが後ろから小走りで駆けてきて即座にソファーに座った。

ショウはいつの間にか一番奥のソファーに腰をかけていた。相変わらず時々私の方を見たと思ったらすぐに目を逸らして眉間に皺を寄せていた。

私のことが気に入らないのかしら……？

私何かしちゃったかなぁ？　なんだか落ち込んでしまう。

「カリンちゃん、大丈夫？　ショウのことは気にしなくていいのよ。あの子は昔からああなの。人見知りで無愛想なのよ」

そんな私の様子に気づいたのか、セレンさんがそう言ってくれた。

「そうそう、特に可愛い女の子の前ではね」

マギーばあちゃんもフォローしてくれた。

「ショウ？　初めて会った女の子にそんな仏頂面していたら、怒っているのかと思われるわよ」

「別に怒ってない」

セレンさんにそう言われたショウがそう言ってそっぽを向いた。

それから一言小さな声で言った。

「………悪かった……」

どうやら嫌われているわけではないらしい。

セレンさんが王都から持ってきてくれたお菓子は、まん丸の砂糖をまぶしたドーナツのようなものだった。ちょっと甘すぎる感じもしたけど、お茶を飲みながら食べればそれなりに美味しかった。

ドロシーさんやセレンさんと話をしていて、妙に盛り上がってしまった。きっと私の中身が同年代だからだろう。

そして、驚くべき事実が発覚した。なんと、ドロシーさんは四十歳でセレンさんは四十二歳。そう、前世の私よりも年上だったのだ。

それなのに前世の私よりも見た目が若いのは、どういうことなの？

しかも、ドロシーさんには孫がいるそうだ。所謂おばあちゃんってヤツだ。

恐るべし、美魔女。どう見ても二人とも三十歳前後にしか見えない。

あっ、そうだ！　話に夢中になってチーズケーキを渡すの忘れてた。

「あの、私チーズケーキを作ってきたんです」

私は思い出したようにそう言って、チーズケーキが入った箱を肩かけバッグから出してセレンさんとダンテさんに渡した。

「あら、ありがとう。でもチーズケーキ？　何かしら？」

セレンさんはそう言って小首を傾げた。

「牛乳で作ったチーズというものを使ったお菓子です。よかったら食べてみてください」

「へぇ、それは楽しみね。それにしてもこの箱、取っ手が付いていて便利ねぇ。紙でできているみたいだけど」

セレンさんがチーズケーキが入った箱を目の高さまで持ち上げ、ジッと眺めた。

「そうだな。初めて見る箱だが、お菓子を入れるには丁度よさそうだな」

ダンテさんもセレンさんと同じように、その箱を角度を変えて眺めている。

そんな様子をジッと見ていたドロシーさんが真剣な顔をして立ち上がった。

「ちょっと、私にもその箱見せて！」

そう言ってセレンさんからチーズケーキ入りの箱を受け取ると、ドロシーさんまでも箱を眺め回している。

いや、そっち？　食いつくのは箱の方なの？　私はそれよりもチーズケーキを食べてほしいんですけど！

私の心の突っ込みを感知したのか、マギーばあちゃんが声をかける。

「ほれほれ、あんたたち、せっかくカリンちゃんがお菓子を作ってきてくれたんだ。早速みんなでいただこうじゃないか」

「あっ、あら、そうね。じゃあみんなでいただきましょう」

「ごめんなさいね、カリンちゃん。初めて目にするものにはついつい目が行ってしまうの」

セレンさんとドロシーさんが申し訳なさそうに言った。

セレンさんとマギーばあちゃんがお皿にカップチーズケーキとスプーンを載せていく。

みんなはその様子を期待の目で見つめている。

カップチーズケーキがそれぞれに行きわたると、みんなマジマジと眺めてからスプーンですくって口に入れた。

一口食べると固まり、その様子がみんな同じなので私はなんだかおかしくなってしまった。

「あのう、美味しいですか？」

私は無言で食べ続ける面々に恐る恐る尋ねた。

「カリンちゃん、これすごく美味しい。初めて食べる味だけど、すごく好みだわ」

最初に感想を言ったのはセレンさんだった。

「これは美味いなぁ、まろやかでコクがあって蜂蜜の甘さがそれを引き立てている」

「うん、美味い。甘さがくどくないのがよいな」

「すごく美味しい！　もっと食べてもいい？」

どうやら男性陣の評判も上々なようだ。

よかった。ちゃんとチーズケーキも気に入ってくれたようだ。箱だけしか注目されなかったらどうしようかと思ったよ。

本当によかったぁ。

私は心の底から安堵した。

あれ？　そういえばショウの声が聞こえなかったわね。

そう思って、そっとショウの顔に目をやった。

よっぽど気に入ったようで、もう既に皿の上は空になっていた。

寂しそうに皿を見つめるその姿。

「あのっ、まだたくさんありますからどうぞ」

私はそう言って、バッグの中からカップチーズケーキの入った箱を三箱ほどテーブルの上に出した。

一瞬、ショウの目が輝いたように見えた。

ショウって無口で無愛想だけど、分かりやすい表情をするのね。意外と可愛いところあるじゃない。

私の中でショウの印象が少し修正された。

「カリンちゃん、こんなにたくさん、申し訳ないわ……それに砂糖、使っているわよね。とても高価なのに……」

セレンさんが苦笑しながらそう言う。

「大丈夫ですよ。砂糖は森で手に入るから全然問題ありません。それにその箱には時間停止と分解の魔法を付与しているから、中のものは外に出さない限り腐らないし、箱もゴミにならないんですよ」

私が元気よくそう言うと、みんな目を丸くして固まってしまった。

あれ？　私何かまたまずいことを言ってしまったかしら？

「カリンちゃん！　もっと詳しく聞かせて！」

シーンと静まる場の空気を払拭するように大きな声を上げたのはドロシーさんだった。

えーと、ああ、そうか砂糖か。森で手に入るって言っちゃったから……トーシャの根のことはやっぱり知られていなかったのかも……

「まぁ、待て。ドロシー」

「だってあの紙の箱は画期的よ！　それに森に砂糖？　これが本当なら砂糖革命よ！　義兄《にい》さん」

窘めるダンテさんに、食い下がるドロシーさん。

うーんと、どうしよう。私、大変なことを言ったのかもしれない。

『グレン、どう思う？』

私は、チーズケーキを食べ終わって満足そうなグレンに念話で話しかけた。ソファーの上でスコ座りをして肉球を舐めている姿は完全に猫である。

『何がだ？』

『私、何か大変なこと言っちゃった？』

『某には分からん。そもそも人の世のことなど某にとってはどうでもいいこと。某の役割はカリンを守り幸せにすることだからな』

グレンがヒロインを守るヒーローのような言葉をくれるが、そのスコ座りで言われても全くときめかない。

「それでだな、カリン。砂糖のことも詳しく聞きたいが、他にも君に話というか相談したいことがあるんだが、少し時間をもらえるか？」

私が念話でグレンと話している間、ダンテさんとドロシーさんの話が進んでいたらしい。

相談？　なんだろう？　まぁいいか、そういえば私も聞きたいことがあったんだった。

ダンテさん、セレンさん、ドロシーさん、私の四人は執務室で話をするため移動した。グレンも当然のように私の後ろに続いた。

ケリーさんは、ヨダの町で商談があると言って護衛として一緒に行くショウと出かける準備をしていた。他のみんなは各々農場の仕事があるらしい。

高級感はないが、役割を果たすには十分な執務室は、シンプルな大きめの机に本棚、ゆったりとした四人がけのソファーがあるだけだった。いずれも決して新しくはないが、大切に使い込まれているせいかそれほどくたびれては見えない。

「さて、まずはカリンにお願いしたいんだが、この前教えてもらったバターをこの農場で売りたいと思っている。どうだろうか？　許可をもらえるか？　もちろんアイデア料として利益の何割かを渡すつもりだ」

執務室にあるえんじ色のソファーに座ると、ダンテさんが私を真っすぐ見て真剣な顔をしてそう言った。

「許可も何も、大したアイデアではないしお金もいらないですよ」

私は恐縮してそう言った。そもそも実際に私が考えたわけではない。前世の知識に過ぎないのだ。お金をもらうなんて申し訳なさすぎる。

「いや、そうもいかない。そもそもうちの農場では余った牛乳は処分するしかなかったんだ。しかし、カリンのアイデアのお陰でその問題も解決しそうなんだ。それにどれくらい利益が出るかはまだやってみないと分からない」

「そうよカリンちゃん、もらえるものはもらっておいた方がいいわよ」

セレンさんがダンテさんの言葉を補足するように言った。

「分かりました。じゃあ、今日持ってきたチーズの作り方も伝授するので、出来上がったバターとチーズをもらうというのはどうですか？」

「チーズ？　あのチーズケーキというお菓子に使った？　本当にそれも教えてもらえるのか？　それはこちらとしても願ってもないことだ」

ダンテさんが目を輝かせて身を乗り出した。

こうして私はダンテさんに、バターだけではなくチーズの作り方も伝授することになった。

アイデア料は現物支給で、それ以上の利益が出ればクランリー農場で栽培している農作物でということになった。ダンテさんはちゃんとお金も渡すからと言ったが、遠慮なくバター、チーズ、農作物を請求しますからと言って、なんとか納得してもらった。

これで、料理やお菓子を作る時にわざわざバターやチーズから作らなくて済む。

一つ一つの材料を一から作るのは時間がかかるからね。

万々歳だ！

「じゃあ、次は私の番ね」

目をキラキラさせてそう言ったのは、ドロシーさんだった。

まずはあのカップチーズケーキを入れてきた箱とカップチーズケーキのカップの説明をすることになった。

説明といっても私が作ったということしかできない。創造魔法で。

ドロシーさんが言うには、創造魔法なんて聞いたことがないそうだ。通常、この世界で物を作る時は錬金魔法を使うそうだ。

しかもその錬金魔法を使うためには、素質の他に魔法陣を構築するための計算式を覚えなければならない。計算式を覚えるためには最低でも最高学院で学び、魔法付与まで習得するにはさらに研《けん》鑽《さん》を積む必要があるというのだ。

「ねぇ、カリンちゃんはクラレシア神聖王国から来たんでしょ？　あそこの国の国民は魔力が高いって聞いたことがあるけど、どんな教育を受けたのかしら？　カリンちゃんが使っているような魔法ってみんな使えるの？」

やっぱり私（この身体）はクラレシア神聖王国出身でほぼ確定だろう。

エミュウさんも言っていたしね。

でも私の場合、ラシフィーヌ様からの恩寵としてもらった創造魔法を使うので、魔法陣を知らなくても頭の中で想像しただけで物を作ることができる。これは多分クラレシア神聖王国でも、誰にでもできるものではないのかもしれない。

そういえば、創造魔法を使った時魔法陣が現れたことを思い出した。通常はあの魔法陣は、情報を組み込んで自分で構築しなければならないのだろう。

創造魔法で現れた魔法陣は、ラシフィーヌ様の恩寵により自動的に構築された魔法陣だ。私はその魔法陣をただそのまま使っているに過ぎないのだ。

しかし、それをドロシーさんに言うことはできない。

さて、どうしよう……

あっそうだ！　都合のいい言い訳があるではないか！

「あの、私実は何も覚えてないんです。気がついたらあの家の前に倒れていて……覚えていたのはあの家を目指していたことと、魔法が使えることだけで……そんな私をグレンが助けてくれたんです」

そう、記憶喪失！

なんて便利な設定なんだ！　前世のドラマや映画にもよくあったではないか。とくに○国ドラマの中ではよくお見かけしたものだ。

いや、記憶喪失になる人ってそうそういる？　私、未だかつて出会ったことないんですけど！と前世ではドラマや映画を見る度によく突っ込んでいた私が、まさかその記憶喪失を装うとは誰が思うだろう？

「そう、そうだったの……」

悲しそうに言った私に、ドロシーさんはそう言って口をつぐんでしまった。

セレンさんとダンテさんも私に憐憫《れんびん》の目を向けている。

しまった！　やりすぎたか？

場の空気が一気に下降したことを感じて、私はとても後ろめたくなってしまった。

こんないい人たちに嘘をつくなんて……でも本当のことを言うわけにはいかないし……仕方ないわよね。

私はなんとか自分自身を納得させるために理由づけた。

なぜ三人があそこまで暗い顔をしたのかこの時は分からなかったが、クラレシア神聖王国がドメル帝国に滅ぼされたことを後で知って納得がいった。実は、少し気になったのでタブレットに聞いてみたのだ。

きっとみんな私がよっぽど辛い目に遭ったんだと思ったのだろう。

でもまぁ、説明できないことは記憶喪失ということで解決できたからよしとしよう。

「あのね、もしもよかったらでいいんだけど……どんな魔法陣を構築しているのか教えてもらうことはできるかしら？」

ドロシーさんは私に気を遣うように言葉を発した。

うん？　確かに創造魔法を使った時に魔法陣が浮き上がって見えていたけど、どうやって伝えればいいのかしら？

「もちろんアイデア料は払うわよ。あの箱やケーキカップって魔法付与もされているみたいだし、結構複雑な数式が組まれているよね」

私が戸惑っているように見えたのか、ドロシーさんはさらに続ける。

私の場合、自分で魔法陣を構築したわけじゃない。ハッキリ言ってそんなことできるわけがない。そもそも数式って何？　そんなの必要なの？　前世でだって私あんまり数学得意じゃなかったんですけど。

でもドロシーさんの口ぶりでは魔法陣には数式が必要らしい。多分あの複雑な文様なんだろうとは思うけど……

どうしよう…………なんて言ったらいいのかしら？

そうだ！　これはグレンに聞くしかない。なんてったって神獣だからね。

こんな時だけ神獣扱いする私なのだった。

『グレン、私が以前物を作った時に現れた魔法陣って見ることはできるの？』

私は早速ソファーの上で丸くなっているグレンに念話で問うた。

『できるぞ。カリンが作った物に魔力を流せばその上に魔法陣が浮き上がるぞ』

顔だけこちらに向けたグレンが難なく答えをくれる。

『できるんだ』

私はすぐに問題が解決してホッとした。

魔法陣の文様を見るためには、作った本人が魔力を流す必要があるということだ。他の者が魔力を流しても見ることはできない。しかし、錬金魔法の素質がある者が魔法陣自体を理解して習得すれば同じ物を作ることができるそうだ。

他の人でも作れるなら作ってもらった方がいい。

いちいち包装する物を自分で作るのは大変だ。

私はお店の方に時間をかけたいのだ。

あれ？　でも私って魔法陣の文様というか数式？　全然理解してないんですけど……と思ってグレンに聞いたら、私のは錬金魔法ではなくてラシフィーヌ様の恩寵だからイメージだけで魔法が発動されるらしい。

ならば電化製品みたいな魔導具も作れればいいのに……と思ったら、動かすための回路を組み込んだ創造魔法は植物や生物まで創造できるようになっちゃうんだって……

えっ？　ということは私が考えた新たな植物や動物が創造できちゃうってこと？

何それ！　こわっ！！！！

好きなように動物や植物を創造できたら一見楽しそうだが、よく考えるとそう簡単なものではない。

自分の好みのままに植物を作っても、その植物が周辺にどんな影響を及ぼすのか分からない。動物なんて作ったら生態系を壊して他の動物に影響を及ぼしかねない。

創造するならよほどその性質を見極めなければならないのだ。そうでなければ下手するとこの世界そのものが崩壊するかもしれない。

大いなる力には大いなる責任が伴うのだ。

神の領域に手を出すわけにはいかない。私はこの世界にそこまでの責任を負いたくないのだ。それは本当に怖すぎる。

そうならなくてよかったわ、と密かに安堵し現実に戻った。

「あの、私の作った物に魔力を流して魔法陣を見えるようにすれば大丈夫ですか？」

「いいの？　魔法陣が見えれば魔導カメラで記録することができるから大丈夫よ」

私が答えるとドロシーさんは瞳をキラキラさせて言った。

でも、箱とかケーキカップってこの世界でそんなに需要があるのかしら？

そんな私の疑問にドロシーさんは、今はなくても今後絶対に出てくると断言していた。この世界では買い物をする時は必ず自分で袋、つまりマイバッグを持参するそうだ。

それはそれで環境によさそうだが、バッグの容量にも限りがある。物が入らなくなれば買う量が制限される。

使い捨ての紙箱があればお店で気軽に客に提供することができる。

私が作った持ち手付きの紙箱は、大きさや形を変えれば色々な場面で使えるとドロシーさんは言う。

前世にあったものをパクっただけだったが、ドロシーさんは私が作ったものを見ただけでアイデアが湧き上がったようだ。

紙箱の形や大きさを変えて取っ手の部分を紐にしてもっと重いものも持てるようにするとか、模様を付けておしゃれにするとか、さすが商会長夫人というところか。

商売に関する閃きと情熱には感心してしまう。

私としては作ってもらうだけで満足なので、アイデア料はいらないと言ったのに結局押し切られて、利益の二割を三年間もらえることになった。さらに作ったものも欲しいだけというのは断って原価で売ってもらうことになんとか落ち着いたのだった。

私のアイデア……実際には私のではないが……はパルトワ商会に売ることになり、パルトワ商会が商標登録することになったのだが、その際考案者の名も届ける必要があるそうだ。

あまり表に出たくない私は躊躇した。

ドロシーさんにそう訴えると、届けを出しても私の名は表に出ることはないと教えてくれた。どこかにアイデアを売ったり、商品の販売を委託した場合に表に出るのは、買った者や委託された者だということだ。

そのことを聞いて私は安心した。

しかし、私はパルトワ商会と商取引をすることになる。そのためには商業取引委員会に登録する必要があるそうだ。

その時に魔力も一緒に登録し、身分を証明するためのカードが発行されるそうだ。

魔力には「波形」というものがあって、それは一人一人違うとのことだ。前世で言う「指紋」や「虹彩認証《こうさいにんしょう》」と同じようなものらしい。

面倒だなぁ、と思ったけど、近い将来お店を出すつもりの私はいずれにしても登録しなければならないとのことで、この機会に登録することにした。

登録するには会員二人の紹介者が必要ということで、セレンさんとケリーさんにお願いすることにした。

あれ？　ダンテさんじゃないの？　と思ったが、実はここの農場主はセレンさんだから、セレンさんの名前で登録しているんだって。

ダンテさんは入り婿としてセレンさんと結婚したみたい。

驚いたのはセレンさんが「ダンテって、侯爵家の三男なのよ～、見えないでしょ？」とケラケラ笑っていたことだ。

いや、侯爵家？　貴族？　侯爵家って言ったら高位の貴族よね。

確かにそう見えないけど、そんなこと簡単に教えちゃっていいの？

と心配して聞いたら「いいのよ～、みんな知っているから」とセレンさんが軽く言っていたからいいのだろう……多分。

商業取引委員会に登録してから承認されるまでは約二ケ月かかるそうだ。契約書はその後に交わすことになった。

あっ、やっぱり契約書が必要なんだ。口約束だけではダメらしい。異世界でもそれは当たり前のことのようだ。

面倒だと思いつつ、意外としっかりしたシステムに安堵する私だった。どんなにいい人との契約でも、後で絶対にトラブルにならないなんて言えないからね。

「さて、カリン。今度はもっと重要なことを聞きたいんだが、さっき森で砂糖を手に入れたと言ったのは本当か？」

ダンテさんがおもむろに真剣な顔をして私に疑問を投げかけたのだった。

私はダンテさんの真剣な顔に少し怯んだ。

「はい、森で見つけたトーシャの根の中に砂糖の結晶を見つけました。それを粉状に砕くと砂糖になります」

私の言葉を聞いて、ダンテさん、セレンさん、ドロシーさんが目を丸くして驚いた。

「「「トーシャの根です（だ）ってぇぇぇ！！！」」」

三人が同時に叫んだ。

あれ？　そんなに驚くこと？　ああ、でも知らなかったならそうなるのかぁ……

私は三人のあまりの驚きように少し腰が引けた。

「そもそも、トーシャの根は固くて切れないだろう？」

「え？　ナイフで切れましたよ」

「ん？　ナイフで？」

「ええ、ナイフで普通に……」

「いやいやいやいや、それはありえんだろう」

私はダンテさんに何気なく答えたが、トーシャの根は固すぎて割るのが困難だし、ナイフで切るなんてそもそも不可能だということだ。

どうやらトーシャという植物自体はみんな知っているらしい。

「そうね、あれは固すぎて無理ね」

「ええ、私もそう思うわ」

セレンさんとドロシーさんが揃ってダンテさんの言葉を肯定する。

あれ？　じゃあ、あのナイフの切れ味は普通じゃなかったってこと？

またまた普通じゃなかったことを知り、困惑する。

そもそもトーシャという植物は雑草扱いで、少しでも生えると排除するのが難しいそうだ。根は固くて破壊できないから燃やしてから砕くしかなく、厄介な植物として敬遠されているとのことだ。トーシャの根を燃やすと中身は真っ黒になるから、今まではそれが砂糖の原料になるとは誰も考えが及ばなかったらしい。

穂に生るたくさんの種子は風に飛ばされてどこにでも行き、瞬く間に増えてしまうので見つけたら掘り起こしてすぐに根を焼いて砕き、処分する。

それが今までのトーシャの扱いだった。

トーシャがガイストの森に群生しているのは知られているが、森の中だからそれほど害はないだろうということで放置されていたらしい。

それでも増えすぎないように数年ごとに冒険者ギルドに依頼を出して、排除するようにしているそうだ。

私が思っていたよりもこの情報は大きかったようで、ダンテさんは頭を抱えてしまった。

「とにかく、トーシャの根はナイフで簡単に切れるものではない。どんなナイフでどのように切ったのか、教えてもらえないか？」

多少復活したダンテさんが嘆息しながら言葉を発し、さらに続ける。

「うん、そうだな……まずはトーシャの根を採取して実践してもらおうか？　いつ採取しに行くかだが……」

「その必要はありませんよ」

私はダンテさんの言葉を遮るように言うと、メロン大くらいのトーシャの根をバッグから出してみせるのだった。

ダンテさんに相談するために、念のためそのままの状態で保管していたのだ。

「ああ、それだ。確かにトーシャの根だな」

トーシャの根を私の手から受け取ったダンテさんは、それを見回しながら確認した。

「さて、このトーシャの根をどうやって切ったのか実践できるか？」

「はい……できます」

私はダンテさんの言葉と共にトーシャの根を受け取ると、カバンからナイフを出して周りに切り込みを入れ、真ん中から二つに割った。

「「「なっ？」」」

三人はまたさっきと同じように固まった。

うん、この光景、何度目かしら？　なんだかだんだん慣れてきたぞ。

緊張感のない感想を思い浮かべながら、私は三人が復活するのを待った。

「あの……これが砂糖の結晶です」

割ったトーシャの根の中から、ソフトボール大の半透明で薄茶色の塊を取り出して見せた。

「そっ、そんなに簡単に切れるとは！　こっ、これが砂糖の結晶なのか………」

ダンテさんがそう言いながら、私が持っている砂糖の結晶に震える手を伸ばした。

「はいどうぞ。本当に砂糖の結晶かどうか確かめてください」

私はダンテさんの伸ばした手にそれを渡した。

ダンテさんはマジマジと眺め、セレンさんとドロシーさんも同じように色んな角度から確かめている。

「あの、ちょっとそれいいですか？　本当に砂糖かどうか味を確かめてほしいので」

私はダンテさんから砂糖の結晶を受け取ると、ナイフでその表面を少し削った。

「この削った砂糖の結晶の粉末、舐めてみてください。大丈夫ですよ、毒はありませんから。あのチーズケーキにも使っていたし」

私がそう言うと、三人は指先に粉末を付けて口に持っていった。

「「「！！！！！」」」

三人が目を丸くして固まった。

まただわ。そう思いながら私はその光景に苦笑いをした。

「本当に砂糖だわ」

「ええ」

ドロシーさんの言葉にセレンさんが頷く。

「ねぇ、カリンちゃん。どうしてトーシャの根が砂糖の原料だって分かったの？」

私はセレンさんの問いにドキリとした。それは当然の疑問だろう。

でもタブレットのことはまだ話していない。もし話したとしてもそのタブレットはどうやって手に入れたのだという疑問が出るだろう。

女神様からもらったなんて言えないし……

「あの……それは……言えません……」

私はそう言うしかなかった。もう嘘もつきたくなかったから……

「そんな顔をしないで。無理に聞くつもりはないから」

「そうよ、トーシャの根が砂糖の原料だっていう事実だけがあればいいのよ」

セレンさんとドロシーさんが優しく微笑んで私を宥めた。

私は二人の言葉にそっと胸をなで下ろした。

そんな傍《かたわ》らでダンテさんは腕を組んだまま考え込んでいる。

「これは……領主案件だな」

ダンテさんは重い口を開いた。

「ところでカリン、さっき使ったナイフはなんだ？」

「え？　トーシャの根を切ったナイフですか？　私が作ったナイフですが？」

ダンテさんはまた頭を抱える。

「ねぇ、カリンちゃん？　普通のナイフはあんな風にトーシャの根を切ることはできないのよ」

セレンさんが私に言い聞かせるように言った。

ですよね。私もそんな気がしてました。

と心の中で答えて、「そうなんですかぁ？」となんとか笑って誤魔化す。

そんな様子を見ていたドロシーさんが私の肩を突然掴み、真剣な顔を向けた。

「カリンちゃん、そのナイフ、よく見せてくれない？」

「いいですよ」

私はバッグの中から鞘がついたままのナイフをドロシーさんに渡した。

「カリンちゃん、さっきの契約にこのナイフの魔法陣も入れてほしいの。それが分かればトーシャの根を切れるくらいのナイフが作れるわ」

「いいですよ」

私はドロシーさんの言葉に即座に頷いた。

これで自分でわざわざ砂糖採取をする必要はなくなるかもしれない。トーシャの根から砂糖の結晶を取り出して粉末にするのは、結構面倒だと思っていたのだ。

ドロシーさんに任せればちゃんと粉末の砂糖にしてくれるだろう。私はそれを買い取ればいいのだ。発見料として少し安くしてもらえばいいだろう。

「いや、ちょっと待て。そう簡単な問題じゃない。まずは領主様に報告しなければならない」

待ったをかけたのは、さっきから頭を抱えていたダンテさんだった。

やっぱり、砂糖は高価なものだけあって色々と柵《しがらみ》があるのかもしれない。

とりあえず、トーシャの根のことは領主様への報告と指示を待つことになったのだった。

◇◆◇

商談？　も一段落ついて、私は以前から疑問に思っていたことを相談することにした。

この世界で生きていくための基本的なことだ。

聞きたいことの一つは、私が住んでいる場所についてだ。

前世では土地は誰かの持ち物で、もちろん勝手に住むことはできなかった。個人のものじゃない場合は国や自治体のものだったしね。

もう勝手に住んじゃっているから今さら感があるけど、一応聞いておいた方がいいかなと思ったのだ。後でこんな所に住んじゃダメだって言われても困るし。

でもそのことについては全然大丈夫だった。

この国では、土地は個人の所有ではなく国の所有ということになっているそうだ。

その場所が空いていれば、町役場に届けるだけで住んでいいということだ。しかも土地代はタダで。

ただし、建物を建てる場合は自己負担になり、その建物から引っ越す場合は町が査定した金額で買い取ってくれるそうだ。

最初から建物が建っている場合は、毎月賃料がかかりその金額は建物を買い取った時の金額によるとのこと。つまり、買い取った金額が高ければ賃料は高く、低ければ賃料は安い。

借りた建物のメンテナンス代は町の負担なので、かからないということだ。

では、私の場合は？　というと、町中ではないので領主様の管轄《かんかつ》になるそうだ。

「ということは、領主様に届け出が必要なの？」

「う〜ん、あんまり事例がないからなぁ……でも大丈夫だろう。ここの領主は寛大だからな。町役場を通して届ければいいだろう」

私の疑問に、ダンテさんは少し悩みながら答えた。ダンテさんがそう言うのなら大丈夫なのだろう。きっと……

そしてもう一つはお店をオープンする時の疑問だ。

そう、前世でも私の頭を悩ませた税金問題だ。

どこに住んでいても税金はついてまわる。前世では国が超金持ちで国民に税金を課さない羨ましい国もあったようだが、この国はどうなのだろうか？

税金がなければ道や町の整備費用、政《まつりごと》を司る役人たち、治安維持に必要な兵士や警備にあたる者への給料はどこから出るというのか？

「この国の税金ってどうなっているの？」

私はもう一つの疑問をダンテさんに投げかけた。

税金は利益の一割で、年に一度の自己申告制だそうだ。

これでは脱税し放題なのでは？　と思ったが、一度でも脱税が発覚すると、この国での商売ができなくなるのだという。

商業取引委員会から登録を強制解除され、解除された者の魔力がブラックリストに載る。

どうやって脱税者が分かるのかというと、密告されることが多いそうだ。

密告された者は「虚偽判定装置」という魔導具にかけられ、ほぼ百パーセントの割合で判定することができるとのこと。

つまり、前世でも聞いたことがある嘘発見器である。前世ではどれほど信憑性《しんぴょうせい》が高かったか疑問があるが、この世界の魔導具はかなり高性能なものが多いように思った。

これで住居問題と税金問題が一応は解決した。

住居の届け出の件は、ダンテさんがトーシャの根の報告と一緒にやってくれるそうだ。でもトーシャの根の方は結構重要な問題だということで、直接領主様に報告に行くことにするとダンテさんは言った。

このタングステン領の領主様が住んでいる領都エルドアまでは、馬車で片道二日かかる。そう考えると帰ってくるまで一週間は見た方がいいだろう。

それと、商業取引委員会に承認されたら、承認証というカードが発行されるので、すぐに銀行に口座を作るように言われた。

カードをもらったら持ち主の魔力を流す。すると、本人しか使えないようになり、それを持っていけばすぐに口座が作れるそうだ。

カードがあれば国外の銀行でもお金の出し入れができるとのこと。

前世でのキャッシュカードのようなものなのだろう。

でも、前世と違ってそれ一枚あれば身分証明書の役割もある上、お金を借りたり、ツケ払いもできるそうだ。

一枚で色んな役割を持つなんて便利だね。前世ではカードばっかり増えて厄介だったからね。

その後、ドロシーさんたちが持ってきた商品を見せてもらうことになった。

王都に拠点を置くだけあって、パルトワ商会の商品は服飾品や生活用品、装飾品が主だった。特にアクセサリーや宝石が豊富でキラキラしていて、その輝きに目を奪われるほどだった。

今のところ、アクセサリーや宝石にそれほど興味はないが、銀細工の髪留めと刺繍が入った水色のリボンを購入することにした。

でも、私がお金を払おうとしたら、ドロシーさんがプレゼントだと言って譲らなかった。あまり押し問答をするのもどうかと思ったので、今回は甘えることにした。

それと、なんとカレンダーや時計もあった。私が欲しそうにしていたら、それもプレゼントすると言われたが、いくらなんでもそんなにもらうわけにはいかない。

結局、アイデア料から差し引くということになった。なんだか甘えてばかりで申し訳ない。

カレンダーは卓上タイプのもので、木製のA5くらいの大きさだ。前世と違って日にちと曜日が固定なのでずっと使えるらしい。毎年買い替える必要がないのだ。

時計は置き時計、腕時計、懐中時計があった。その中で私はレトロ調の腕時計を選んだ。短針と長針でできた、前世でも馴染み深い丸いやつだ。丸い部分は真鍮《しんちゅう》っぽくて、ベルトは革でなかなかおしゃれだ。

でも、この国にもカレンダーや時計があってよかった。時計もカレンダーも前世のものとあまり変わらないし、これなら違和感がない。

この国では時計といえば懐中時計なんだそうだ。腕時計は壊れやすいし、置き時計は高価だから貴族の家にしかないとのことだ。

それでも私が腕時計を選んだのは、値段が安いせいもあるが、グレンが結界魔法で強化してくれると言ったからだ。

ダンテさんやセレンさんは懐中時計を持っているみたいだった。

カレンダーは前世と月名が違うので、それだけじゃ季節がいつなのか把握しきれていない問題がある。

それでも、今後の予定が組みやすくなったのは確かだ。

因みに、今日は次風月（前世で言う六月）の二十八日目の水の日だということだ。

以前グレンにも教えてもらったが、カレンダーを見てこの世界の暦を確かめた。

初水月（一月）、次水月（二月）、参水月（三月）、肆水月（四月）、初風月（五月）、次風月（六月）、参風月（七月）、肆風月（八月）、初陽月（九月）、次陽月（十月）、参陽月（十一月）、肆陽月（十二月）……と、分かりやすくするために前世の月に当てはめてみた。

一月は三十日、週六日で風の日、光の日、土の日、水の日、木の日、火の日が順番に巡る。ということは、あと二日で参風月（七月）になる。

つまり、これから夏に向かっていくということだ。

どうりでここに来た時より暖かくなってきたと感じていたわけだ。

思いがけず欲しかったものも手に入れて、疑問も解決、さらに開店するために必要な物も取り引きできそうだし、実り多い時間を過ごせたことにホクホク顔の私だった。


その後、クランリー農場のみんなには泊まっていくように言われたが、夕食をご馳走になるだけに留めて帰宅することにした。

帰りはなぜかショウが送っていってくれることになった。

本当はグレンの背中に乗って帰ろうかと思ったけど、ショウとドロシーさんたちにはグレンのことを話していない。

もしかしたら、ダンテさんやセレンさんから聞いているのかもしれないと思ったけど、その場では聞くことができなかったので素直に送ってもらうことにした。

第十五話　ショウ・クランリーの苦悩

声が聞こえない。この少女の心の声が。

こんなことは初めてだった。

俺は、父さん、母さん、ドロシー叔母さんと一緒に執務室に向かうカリンの後ろ姿をジッと見つめていた。

「ショウ、どうしたんだい？」

すると、後ろからマギーばあちゃんが声をかけてきた。もしかしたらいつもと違う俺の様子に気づいたのかもしれない。

「心の声が聞こえないんだ」

俺はぽつりと呟いた。

俺には幼い頃から生まれつき備わっている厄介な能力がある。それは、人の心の声が聞こえるという能力だ。

この能力は、ラルク以外の家族しか知らない。

「聞こえないって、カリンちゃんのかい？」

マギーばあちゃんは俺の言葉に目を丸くして驚いた顔をしている。きっと俺がそんなことを言うのは初めてだったからなのだろう。

「ああ……」

「それは……ショウにとって特別な娘《こ》なのかもしれないねぇ」

俺が小さく答えると、マギーばあちゃんはニヤリとして意味深気に俺の顔を見た。その顔は何か企んでいるように見えて、俺は落ち着かない気持ちになった。

マギーばあちゃんの心の声を聞けばそれが何なのか分かるのだろうが、信頼の置ける家族に対しては極力そんなことはしたくない。

それに他人だとしても、初めて会った人以外は普段は制御して聞こえないようにしている。

余計なことは知らない方がいいのだ。

とはいえ、家族は俺の能力を知っているから、知られたくないことは心の奥底に閉じ込めているようだ。

俺の家族は俺の力を便利だと言い、一度も疎んだことはない。

父さんなんか、喋るのが面倒な時は心の中で言いたいことを考え、俺に伝えてくることさえある。

それを思うと、つくづく家族に恵まれていると感じる。

しかし、俺はこの力を持て余していた。

この能力があるせいで俺の人生は散々だったといえる。

考えてもみてほしい。

人が思っている声が聞こえるということは、自分に対する悪感情も知ってしまうということだ。

これはかなりきつい。自分への悪口が心に直接伝わるのだ。

次第に俺はこの力が煩《わずら》わしくなっていった。知りたくもない相手の心の声は、否応なしに俺の頭の中に飛び込んでくる。

打算で近づいてきた者の心の声が、密かに好意を寄せていた少女の心の声が、優しく声をかけてきてくれた顔見知りの心の声が、その表情と裏腹だったと知った時のショックは徐々に俺の心を蝕《むしば》んでいった。

なんとか自分の力を制御できるようになり、他人の心の声を遮断することが可能になった。しかし、一度傷ついた心は簡単に回復することはなく、どうしても他人を避けてしまう。

それでも、俺は誰か信じられる者を求めていたのだろう。

この国の子供は大抵、八歳から七年間学校に通う。義務ではないが、昔と違って今は殆どの子供が通っている。国から補助が出るというのも大きな理由かもしれない。

三年間は基礎クラスで平民も貴族も同じクラスだが、その後は科によってクラス分けされる。特に社交科は貴族の子息子女が多く、商業科は平民が多い。その他には魔法科と騎士科があるが、それは本人の希望と能力で分かれることになる。

俺も当然のように学校に通うことになった。ヨダの町にも学校はあるが、俺が選んだのは領都エルドアにある全寮制の学校だった。この農場を継ぐにしても他の仕事をするにしても、豊富な知識を得るに越したことはないと父さんにすすめられてのことだ。

そこで俺は、親友と呼べるほどの友人を得た。いや、得たと思っていた。

コイツなら俺にこんな能力があると知っても、笑って受け流してくれると思った。

隠していることが苦しくて、誰かに言いたかったのかもしれない。

そして、こんな俺の能力を知っても受け入れてほしかったのだと思う。

心の奥底にそんな思いをずっと抱えていた俺は、とうとう彼に自分の能力のことを明かしてしまった。

彼は最初は「そんなの気にするな。そんな能力があったとしても、お前はお前で変わりはないだろう？」と言って笑っていた。

それなのに、彼は徐々に俺を避けるようになっていった。

最後に聞いた彼の心の声が忘れられない。

「頼むから俺に近づくな！　盗み聞きするな！」

聞こうとして聞いたわけじゃない。普段はその力を使わないようになるべく制御していたのだから。でも心で強く思っていることは、どうしても聞こえてしまう。

だからきっと彼は心の中でそう強く思っていたのだろう。そんな彼の声が聞こえた途端、彼がハッと我に返るのが分かった。自分の声が俺に届いたのだと気づいたのかもしれない。

その時の彼は、「しまった！」と言わんばかりの表情だったのだから。

俺はそれ以来、彼ばかりか誰をも避けるようになった。

もし親しくなって俺の力を知ったら、また俺から離れていくのではないか？　という不安が心を覆い尽くしてしまったのだ。

結局俺はそのストレスに耐えきれず、途中で学校を退学して逃げるように家に帰ってきた。家族は俺に何も言わなかった。

母さんもマギーばあちゃんもそっと抱きしめてくれた。

父さんは「まぁ、人生色々あるさ」とだけ言って苦笑いをしていただけだった。

それからは家の手伝いをしながら、なんとか時間が過ぎるのだけを感じていた。時々嘆息し、空《くう》を見つめながら徐々に生きる希望をなくしていった。

誰とも関わらず、俺はここでこのまま歳だけを取っていくのだろうか？　家族にずっと迷惑をかけながら……いっそ俺なんていない方がよいのではないか……生きているだけで迷惑なのではないか……

家族はみんな俺に優しく接してくれる。しかし、優しくされればされるほど、家族に対しても申し訳なさが募っていった。

マイナスの感情が次から次へと溢れ出し、次第に罪悪感は膨れ上がっていく。

そんな俺を黙って見ていられなくなったのか、数ヶ月経ったある日、父さんがおもむろに言った。

「会わせたい人がいる」と。

◇◆◇

俺は父さんに連れられて、隣のカザフ領にある領都バルステに行くことになった。そこまでは馬車で片道三日もかかった。

父さんが向かったのは、バルステにある高級ホテルだった。もちろん俺はそんな敷居の高い場所は初めてで少し緊張した。

それなのに父さんは慣れた様子でスタスタとそのホテルに入り、最上階にある部屋まで俺を連れていったのだった。

豪奢なソファーに座って待っていたのは、白髪混じりの金髪を後ろで一つに纏めた優しそうな貴婦人だった。

紺色のシンプルなワンピースに同色のケープを羽織っている。見ただけで上品さが滲み出ているその雰囲気に、貴族なのかもしれないと思った。

「ショウ、父さんは下のロビーで待つことにしよう。同じ能力者同士、二人で話をした方がよいだろうからな」

同じ能力………

俺は父さんの言った言葉に戸惑った。

「では、母上。後はよろしくお願いします」

父さんはそう言って、その場から立ち去った。

「ふふっ、相変わらずそっけないわね」

女性の言葉が俺の耳を掠めていったが、俺は突っ立ったままどうしたらいいのか分からなかった。

「あなたがショウね。初めまして、私はカザフ領の元領主、侯爵ハロルド・カザフの妻、アンネ・カザフよ。そうね、あなたの祖母にあたるわ。つまり、あなたの父親であるダンテは私の息子なのよ」

俺が何も言わずにいると、彼女は父さんと同じ深緑の瞳で俺を見つめて言った。

この女性を見た瞬間、父さんの血縁者であると予想はしたものの、まさか高位の貴族である侯爵夫人とまでは思いも寄らなかった。

「まあ、戸惑いもあるでしょう。とりあえずこちらに来て座ってちょうだい」

俺はその言葉に従い、黙って向かい合わせに座った。

状況を掴もうと、メイドがお茶を運んでくるのをボーッと見つめながら、なんとか頭を起動させる。

「あっ、あの……あなたも……おばあ様も俺と同じで……心の声が聞こえるんですか？」

「ええ、そうよ。だから同じ力を持つ者同士はお互いの心の声は聞こえないのよ。ショウも私の心の声は聞こえないでしょ?」

俺が一番気になっていた質問を投げかけると、おばあ様は目を細めて戸惑うことなく言った。確かにおばあ様の言った通り、彼女の心の声は聞こえなかった。

「実はショウが私と同じ能力を持っていることは、もうずっと前にダンテから聞いていたの。でも、ダンテは駆け落ち同然で家を出て勘当されて今は平民。親子といえど、身分が違うとそう簡単に会えないの。それでも、あなたのことを聞いた時、何かあれば力になると伝えていたのよ」

おばあ様は一旦考え込むように小さく溜息をついて続けた。

「人はね、特別なものを持つほど苦労するものなのよ。特にこの力は、聞きたくもないことも聞こえてしまうから心が疲弊するの。いつまで経っても慣れないし、私だって未だに苦労しているのよ」

遠い目をしながら話し続けるおばあ様は、過去に何度も辛い目に遭ったのかもしれない。

「ショウ、私たちに聞こえるのは表面に浮かんだ心の声よ。だから、心の奥底に抱えている思いまでは知ることができないの。例えば、親しい人と喧嘩をして本当は嫌いではないのに嫌いと言ってしまったりするでしょう?　本当に心の底からそう思っていると思う?」

俺はおばあ様の言葉にハッとした。俺はいつだって心の声は本心だと思っていたから。

「ふふっ、思い当たることがあるようね。人がね、あなたの力を知ってあなたから離れていくのはあなたを嫌いになったせいじゃないのよ。恐れるからなのよ」

「恐れる……」

俺はおばあ様の言葉を受け、心の中で噛みしめた。

「そう、恐れるの。あなたに好意がある人は、自分の醜い心の内を知られて嫌われるんじゃないかと。人はどんなに優しくていい人だとしても、マイナスの感情が全くないわけじゃないのよ」

おばあ様は静かに言葉を続ける。

「それにね、人は自分と違う力や理解の及ばない力を持っている人を恐れるものなのよ。そして、時には羨み妬《ねた》むの。この力に限らずね。私たちはその感情を心の声として直接受けてしまうの。毒を直接浴びるのと同じようにね」

悲しそうに微笑むおばあ様に、俺はこれまでのおばあ様の人生が楽なものではなかったことを感じた。

驚いたことに、おばあ様は元王族で第三王女だったそうだ。まさかの王族である。ということは、俺にも王族の血が流れているということになる。全然ガラじゃないが。

おばあ様の夫、つまり俺のおじい様は、おばあ様の能力を知った上でおばあ様の輿入《こしい》れを望んだそうだ。おばあ様の能力は、社交界を渡るにしても重宝される能力で、おじい様はおばあ様を利用したように思えた。

貴族の世界は平民よりも嘘と偽りが渦巻くという。偽物の笑顔を貼り付けた者ばかりの中で生き抜いてきたおばあ様は、俺なんかよりどんなに辛酸を嘗《な》めてきたのだろう。

でもおばあ様は、「利用されたんじゃないのよ。利用されてあげたの。あの人は私の力を知っても恐れることも疎むこともなかったの。笑って『便利な力じゃないか』と言ったのよ」とニッコリ笑っていた。

俺は最初はおばあ様のことをとても強い人だと思ったけど、おばあ様は「最初から強かったわけじゃないわ。強くなったのよ」と微笑んだ。

その笑みは、どこか悲しそうにも見えた。

「ショウ、これからもあなたは辛い目に遭うことが多いと思うわ。それでもね、この力は使い方次第で幸せになることもできると思うのよ。それにこの広い世の中、この力を恐れず疎みもしない、信頼できる人が絶対にいるはずよ」

「………本当にそうだといいな」

「きっと大丈夫よ。そんな人が現れたら大事にするのよ。とても貴重な人なんだから」

おばあ様が別れる時に言ってくれた言葉は、俺の心を少しだけ浮上させてくれた。

「俺にも現れるだろうか？　本当に信頼できる人が……俺の力を知っても恐れず疎まない人が……」

そのためには、家に引きこもっているわけにはいかない。そう思って冒険者として再出発することにしたのだが、人生はそう甘くはなかった。

様々な人の心の声が聞こえる度に、俺の心はまた荒《すさ》んでいった。これは本心じゃない、心の奥では違うはずだ。そう自分に言い聞かせても、直接心に飛び込んでくる毒が蓄積されていった。

自分の心を守るためには人を寄せ付けないように、表情を殺すしかなかった。

本当に信頼できる人が現れるのか？　こんな俺を受け入れてくれる人なんて、この世に存在するのか？　そんな疑問を抱きながら、俺の心は次第に諦めの方が強くなり、ただただ依頼をこなす日々を送るだけだった。

鬱屈《うっくつ》した思いを抱えきれなくなりそうになった時、ドロシー叔母さんから護衛の依頼を受け、それに伴って実家に帰ることになった。

「お前、また色々考えすぎているな。顔色が冴えないぞ」

心の中に父さんの声が飛び込んできたと思ったら、唐突に「とにかくお前は森に住む少女を迎えに行くんだ」と言われた。

え？　そんな場所に女の子一人で住んでいるのか？　どうしてだ？　なんで俺が迎えに行くんだ？

そんな疑問が頭に浮かんだが、とりあえず父さんの言う通りにした。俺は色々考えることも億劫《おっくう》になっていたのだろう。

そうして俺はラルクの案内で、森に一人で住んでいるという（正確には猫と一緒だが）少女を迎えに行ったのだった。

◇◆◇

穏やかな風が辺り一面の青々とした草原を揺らしている。

そんな長閑な景色の中、俺は朝食を終えると森に住んでいるという少女を迎えに行くため、幌馬車の御者台で馬を走らせていた。荷台ではラルクがワクワクした様子でカリンと初めて会った時のことを俺に話している。

どうやら、よっぽどカリンという少女を気に入っているようだ。

森の中央にある広い道を少し入ると脇道があった。幌馬車を脇に停めて、カリンが住むという家に向かう。

こんな所に、こんな脇道あったたか？　と頭を過ぎったが、ラルクが駆け出したので急いでその後を追った。

歩いて数分後、赤い屋根のそれほど大きくもない白煉瓦の家が見えてきた。正面には店舗のような入り口がある。

家を眺めていると、白い猫が現れた。ラルクはその猫にすぐに気がついたようで、傍まで駆け寄り頭を撫でている。

「あっ、カリン、元気だった？　グレンも元気そうだね」

ラルクが声をかけた方を見ると、一人の少女がこちらに近づいてくるのが分かった。あの子がカリンという子だろう。

藍色の髪、瑠璃色の瞳。父さんが言った通りの容姿を見て確信する。どこか品があり、見た目は幼いが瞳の奥には確固たる意志の強さがあるように思えた。

この辺りでは見ない髪色だが、俺は冒険者として依頼をこなしている途中で、同じ髪色の青年を見かけたことがある。王都セレジアから見て北に位置するバスティナ領、こことは全く反対の場所だった。瞳の色はカリンと違い灰色だったが。

それは半年ほど前だっただろうか？　国が侵略されて移住を余儀なくされたと噂に聞いた。彼は冒険者としては戦闘力がないため、薬草採取の依頼を中心に行っていたようだった。

確かその国は巷《ちまた》では神の国と言われていたそうだが、本当かどうかは知らない。噂なんて当てにならないのだから。神の国かどうかは分からないが、もしかしたらカリンもその青年と同じ国の出身なのかもしれない。

「君がカリンって子？　俺はショウ。父さんに言われて迎えに来た」

俺はカリンにそう告げた。

「あっ、初めまして。カリンです。迎えに来ていただいてありがとうございます」

カリンは神秘的な瑠璃色の瞳を真っすぐこちらに向けて挨拶すると、ぺこりと軽くお辞儀をした。

神の国の民と言われれば妙に納得してしまうほどの清純さを身に纏う少女を見て、俺は戸惑った。

「ああ」

咄嗟にそう答えることしかできない自分に舌打ちをしそうになる。それにしてもこの子の心の声が全く聞こえないのが気になった。

なぜだ？　ついついその疑問が頭の中を埋め尽くし、顔に出てしまう。それでもまだ会って間もないせいだと思い、少し様子を見ることにした。

俺は普段は他人の心の声が簡単に入ってこないように制御しているが、初めて会った人はどんな人物か分からないため、制御していない。まさかこんな少女が何かを企んでいるとは思えないが、後ろで誰かが操っていないとも限らないのだ。

冒険者を始めてから、様々な悪人とも渡り合ってきたせいか、初めて出会う者には、それが子供であっても俺はかなり慎重になっていた。

「馬車で来たからそれに乗って。乗り心地はいいとは言えないけど」

俺はそう言ってカリンを馬車に促した。

「ショウ兄はすごいんだ！　冒険者になってまだ二年なのに、もうランクがゴールドなんだ。Aランクの魔物も一人で倒せるんだよ」

ラルクが俺の自慢話をしているのが御者台にいる俺にも聞こえてくる。

カリンはうん、うんと言って黙ってラルクの話に耳を傾けているようだ。

俺は馬を操りながら、カリンの心の声を聞こうと意識を向けた。

だがやっぱり何も聞こえない。

こんなことは初めてだった。

他の人と何が違うのだろうか？

その疑問が頭の中で渦巻き、気がついたら家の前に着いていた。

ラルクと一緒に玄関に向かうカリンの後ろ姿をジッと見つめて考え込む。

もしかしたらカリンも俺と同じ能力があるのだろうか？　だからカリンの心の声が聞こえないのだろうか？

そんな考えが頭に浮かんだので、俺はあることを確かめてみることにした。

『俺の声が聞こえるか？』

実は以前おばあ様に「同じ能力を持っていれば念話で話すことができる」と教えてもらっていたのだ。

するとカリンがこちらを振り返った。

俺は真っすぐなカリンの視線に怯み、思わず目を逸らしてしまった。

俺の心の声が聞こえたからこっちを見たわけではないのだろうか？　仕方ない、また後でもう一度試してみよう。

リビングまで行くと、俺は一番奥のソファーに腰をかけて時々カリンに心の中で問いかけた。

もし俺の心の声が聞こえるなら何かしら反応があるだろうと思って。

『カリン、俺の心の声が聞こえるか？』

少し離れた所に座ったカリンを目で捉え、心の中で話しかけた。俺の視線を感じたようだが、カリンは訝しげな顔をするだけだった。

何度も繰り返すと、カリンの顔に翳《かげ》りが見えてきた。俺が睨んでいるとでも思ったのかもしれない。

「カリンちゃん、大丈夫？　ショウのことは気にしなくていいのよ。あの子は昔からああなの。人見知りで無愛想なのよ」

母さんがカリンの様子に気がついて宥めている。

「そうそう、特に可愛い女の子の前ではね」

マギーばあちゃんもカリンにそう言うと、ちらりと俺の方を見た。

どうやら俺は、カリンに不信感を抱かせてしまったらしい。これはまずい…………

「ショウ？　初めて会った女の子にそんな仏頂面していたら、怒っているのかと思われるわよ」

母さんの言葉に自分の態度を振り返り反省した。

「別に怒ってない」

俺はボソリとそう言って「…………悪かった……」と小さな声で謝った。本当に申し訳なく思ったが、どうしたらいいのか分からなかった。

結局俺は、カリンは心の声が聞こえるわけではないのだろうと結論づけた。だとしたら、なぜカリンの心の声が聞こえないのだろう？　謎は深まるばかりだった。

母さんたちとの話に夢中になっていたカリンは、一段落つくとチーズケーキというお菓子をお土産だと言ってバッグから出した。カリン自身が作ったらしい。

初めて食べたそのお菓子の味は少し酸味があり、丁度いい甘さとしっとりとした口当たりで言葉で表せないほどの美味しさだった。

気がついたら夢中になって食べていたようで、瞬く間にお皿から消えていた。

物欲しげに皿を見つめる俺。

「あのっ、まだたくさんありますからどうぞ」

そんな俺に気がついたのか、カリンがさらにバッグからチーズケーキが入った箱を出してテーブルに並べた。

気づかれたことに少し恥ずかしさがあったが、さっき食べたばかりのチーズケーキの味が蘇り、その箱の中身に期待してしまった。


その後、父さんたちはカリンと話があると言って執務室に移動した。

さっきカリンが口にしたことを思い出した。

『大丈夫ですよ。砂糖は森で手に入るから全然問題ありません。それにその箱には時間停止と分解の魔法を付与しているから、中のものは外に出さない限り腐らないいし、箱もゴミにならないんですよ』

砂糖が森で手に入るってことは、あのガイストの森に砂糖の原料があるということなのだろうか？　だとしたらかなり貴重な情報といえる。

それにカリンが作ったあの箱には、時間停止と分解の魔法が付与されているという。口ぶりからすると、カリン自身がその魔法付与を行ったのだろうか？

俺もカリンの言っていたことが気になり、執務室で話を聞きたいと思った。しかし、ヨダの町で商談をするというケリー叔父さんの護衛をする約束をしている。

後ろ髪を引かれながら、俺はケリー叔父さんとヨダの町へ向かったのだった。

俺が家に帰ると、母さんに話があるとそっと呼ばれた。カリンはリビングでドロシー叔母さんとマギーばあちゃんと何やら楽しそうに話をしているようだった。

母さんは俺にカリンの状況を話してくれた。クラレシア神聖王国から来たのだろうということ、記憶喪失だということ。

そのことを聞いて、カリンは俺が思っていたよりも過酷な人生を歩んできたのかもしれないと思った。

俺はカリンに対する態度を思い出し後悔した。俺よりも八つも下の少女に対する態度ではなかったし、そんな大変な思いをした子に思いやりの欠片《かけら》もなかったことに。

だから俺は、帰りはカリンを送っていきたいと申し出た。挽回のチャンスが欲しかったんだ。

◇◆◇

ガタゴトと馬車が揺れる音だけが、辺り一面の草原の中に響いている。俺は御者台に乗って馬を操りながら、なんてカリンに話しかければいいのかを考えていた。

俺の態度がまずかったのは自覚している。きっとカリンは俺に不信感を抱いているに違いない。

何か話した方がいいのは分かっている。でも、何を話せばいいのだろうか?

俺はこれまで人付き合いを避けてきたことを悔やんだ。

ずっと年上の女性や男性ならなんとかなったかもしれない。

こんな年下の、しかも女の子となんてまともに話したことがない。

畜生！　なんて話しかけたらいいんだ！

俺は心の中でどうにもできない自分自身を詰《なじ》った。沈黙が気まずさを増大させる。俺が御者台で、カリンが荷台に座っているから直接向き合っていないだけまだましだったが。

「あの……ショウさん、送ってくれてありがとうございます。あと朝は迎えに来てくれて……」

俺が何か言う前に、後ろからカリンの声が聞こえた。

「ショウでいい……さんとかいらないから。それに敬語も。ガラじゃないし……」

……………ああ、また無愛想な言い方になってしまった。カリンからの返事がない。気を悪くしてしまったのだろうか？

俺は自分の態度に辟易《へきえき》した。

「分かったわ、えーと……じゃあ、ショウ、ありがとう」

やっと答えてくれたカリンにホッとして胸をなで下ろす。

「俺の方こそ、チーズケーキ美味かった。ありがとう」

なんとか会話を続けるべく思考を巡らせて出た言葉は、カリンからもらったお土産に対するお礼だった。

俺の声は聞こえただろうか？　もっと気の利いたことを言えればよかったのに。そう悔やみながら荷台に乗っているカリンの気配を後ろに感じながら答えを待った。

「喜んでもらえてよかったわ。ショウは甘いものが好きなのね」

声が近くなってドキリとした。いつの間にか俺のすぐ後ろに移動したようだ。

「嫌いじゃない」

それを誤魔化すように、またぶっきらぼうに答えてしまった。

「ふふふっ、じゃあまた作ってくるわ。今度は他のお菓子も。食べてくれる？」

「ああ、もちろん。楽しみにしている」

俺の素っ気ない言い方を気にせず話を続けてくれるカリンのお陰で、だんだんと素直な言葉が自然と出てくるようになった。

「そうそう、私今度お店を開くのよ。できればそこで出すものも試食してくれたら嬉しいわ」

「それは願ってもない。その時は是非呼んでくれ。いつでも駆けつける」

「本当？　やったぁー！　これで試食係はゲットね。だって今まではグレンしかいなかったんだもの。ベッキーさんたちとはいつ会えるか分からないし」

「ベッキーさんたち？」

「うん、森で出会った冒険者なの。剣士のベッキーさん、魔法使いのメラニーさん、弓使いのティアさんの三人パーティーの冒険者よ」

「え？　もしかして『乾坤《けんこん》の戦乙女《ヴァルキリー》』というパーティーじゃないか？　ゴールドランクの」

「うーん、パーティー名は聞いてないのよねぇ」

カリンは冒険者についてあまり知らないようだった。俺は、カリンに自分の得意分野で教えられることがあると知り、得意満面でその冒険者について語った。

「もし、『乾坤《けんこん》の戦乙女《ヴァルキリー》』なら、結構名の通った冒険者パーティーだぞ。プラチナランクに最も近いと言われているんだ。もし、カリンがそんな人たちと知り合いならすごいなぁ」

「え？　そうなの？　そんなにすごい冒険者だったの？」

「ああ、女性冒険者の中では一、二位を争うんじゃないか？」

「へぇ、さすがショウは冒険者なだけあって詳しいね」

俺はカリンから尊敬の眼差しを向けられて、まんざらでもなかった。

家族以外の人とこんなに会話をしたのはいつぶりだろうか？　俺は久しぶりの他人との会話に喜びを感じていた。


森の中の家に着くと荷台から降りるカリンに手を貸した。

「ありがとう」

微笑むカリンの笑顔が眩しくて目を逸らしそうになったけど、なんとか我慢した。また無愛想だと思われてしまうかもしれない。

「またいつでも遊びに来ればいい。それに俺とも友達になってほしい。ラルクとはもう友達なんだろ？」

勇気を振り絞り、カリンに乞う。

カリンは一瞬目を丸くし驚いた様子だったが、すぐにニッコリと微笑んだ。

「ええ、もちろん私もショウと友達になりたいわ。これからよろしくね」

戸惑うことなく承諾してくれたカリンに、思わず顔が綻んだ。

「じゃあ、またね。ショウ。試作品ができたら呼ぶから食べに来てね。約束よ」

「ああ、約束だ。絶対に行くから」

カリンの言葉に俺が返すと彼女は家に入っていった。ドアを開けて中に入る前に小さく手を振ったのが見えると、俺はまた顔が緩んでしまった。

もっと会話が続けばいいと思ったのは、俺にとって初めての経験とも言えた。これまでの俺は他人との会話が億劫でしかなかったのだから。

今はまだカリンに自分の力を打ち明けるのは怖い。それになぜカリンの心の声が聞こえないのかも分からないままだ。

それでも、友達として付き合ううちに、いつか話せる日が来ると信じたい。なんの根拠もないが、カリンなら俺の力を知っても受け入れてくれるような気がした。

『じゃあ、またね』

カリンが最後に言った言葉を頭の中で反芻する。再会を約束する何気ない言葉だが、俺にとっては馴染みのない言葉だった。

俺は、帰りの馬車を揺らしながら頭の中で何度もカリンの言葉を繰り返すのだった。

第十六話　え？　出店できるの？

家の中に入る前に後ろを振り返ると、ショウが見守るようにこちらを見ていた。なんとなく別れが惜しくなり軽く手を振ると、ショウも私を見て頬を緩めたのが分かった。

私はクランリー農場から帰る馬車の荷台で、ショウとちゃんと話ができたことが嬉しい。最初に会った時と印象が全く異なり、とても話しやすかった。

会ったばかりの時はきっと戸惑っていただけだったのだろう。

ショウは人見知りなだけなんだね。

『またいつでも遊びに来ればいい。それに俺とも友達になってほしい。ラルクとはもう友達なんだろ？』

『ええ、もちろん私もショウと友達になりたいわ。これからよろしくね』

私は別れる前の会話の時に見たショウの笑顔を思い出した。初めて見た笑顔はとてもキラキラしていて、私を見つめる深緑の瞳に一瞬ドキリとした。

中身を考えると、ショウは私の子供のような年齢。なのに傍から見ると私は少女で、ショウは十六歳の青年。年下なのか年上なのか簡単に判断できない状況に、複雑な気持ちになった。

うん、考えても仕方ないわね。

私は気持ちを切り替え、今度はどんなお菓子を作ってあげようかなと考えを巡らせた。

カーテンの隙間から漏れてくる光が部屋の中を照らし、自然と瞼が持ち上がる。白い天井を薄目で認識しながら、ベッドのふわふわ感を心地よく感じていた。

布団の中はなんて気持ちいいんだろう。でもそろそろ起きた方がいいわね。

「う〜ん」

思い切り伸びをする。足先にもふもふの温もりが伝わった。そこに顔を向けると、グレンが眠そうな顔でこちらを見ていた。

『ふむ、もう朝であるか？』

「朝……というかもう昼近いけどね」

私はベッドの脇にあるサイドテーブルの上の腕時計を見ながら言った。そう、昨日ドロシーさんから手に入れたものだ。

時計の針をよく見ると、もう十一時を回っているようだった。

昨日はショウのこととかお店のこととか色々考えて、なかなか寝付けなかったのだ。ダンテさんたちのお陰でお店を始めるための計画が着々と進んでることに自然に頬が緩む。

そうだ！　お店で着る服をフランさんに作ってもらおうかな。シンプルで可愛らしいエプロンドレスがいいわね。

前世の私（アラフォー独身女）が着たら痛すぎるけど、今のこの容姿ならどんな可愛い服でも似合うと思う。

いつもは動きやすいようにチュニックとスパッツの出で立ちだが、お店で営業する時はエプロンドレスを着たいと思っているのだ。制服みたいな感じで。

可愛い服を着ただけで、やる気も漲ると思う。私は形から入るタイプなのだ。

グレンと一緒に朝食を食べながら、今日の予定を考える。朝食は野菜とチーズをたっぷり入れたスクランブルエッグとホットミルクだ。

相変わらず美味しそうに食べるグレンにほっこりする。

この前フランさんから買ったレモンイエローのワンピースを着ていくことにした。

身支度を整えて外に出ると、明るい日差しが顔に降り注いだ。天気はすこぶるよく、若干暑いくらいだ。それでも時折木々を揺らす風が暑さを和らげてくれる。

そういえば、前世で言えば今は六月末。この国の夏はどれくらい暑くなるのかしら？

タブレットに聞くと、日本ほど湿気はなく気温は二十五度～三十度くらいらしい。

三十度というと結構暑い。長袖の服しか持っていないことに気づき、フランさんのところで半袖やノースリーブも購入しようと決めたのだった。

お金、大丈夫かしら？　ダンテさんの話によると、承認証が出るのは二ヶ月後。それまでは勝手にお店をオープンすることもできないことに、多少なりとも今後の不安が過ぎった。

グレンの背に乗りあっという間に森を出ると、今では見慣れた平原が現れる。時折微風が駆け抜け、目の前に広がる青々とした草原を揺らしている。その光景になぜか懐かしい気持ちになった。

頬を撫でる風を感じながらヨダの町に向かう。グレンが認識阻害の魔法をかけているから誰の目にも留まることなく、町の中に入った。

あれ？　前回も最初からこうしていれば簡単に町に入れたのでは？

という疑問はさておき、町の路地裏で人がいないのを確認してグレンに認識阻害の魔法を解いてもらった。

ああ、そういえば前回は私が幌馬車に乗りたかったんだわ。不意に疑問が解決され、抜けている自分をスルーしてフランさんの店を目指す。


「あら、カリンちゃんだったわね。いらっしゃい～」

自動扉が左右に開いた途端、聞き覚えのある元気な声が聞こえてきた。

大きな花柄のワンピースに共布でツインテールを結ぶリボン。目尻にある三つの星とキラキラした紫の瞳は健在だった。

「こんにちは、フランさん。今日は夏服とお店で着る服をお願いしようと思って……」

「あら？　お店？　なんのお店をやってるの？」

「いえ、まだなんですけど。これから飲食店を始めようと思って、そこで着るエプロンドレスがあったらいいなと思っているんです」

私がそう言うと、フランさんの目が若干光ったように感じた。

「あら、素敵。私、美味しいものには目がないのよ」

フランさんの言葉に、「その体型を見れば分かります」と言いたいのをなんとか抑えた。

「じゃあ、今度オープンしたら是非食べに来てください。甘いものも用意しようと思っているので」

「甘いもの？」

私の言葉にフランさんはさらに目を輝かせた。

「まあ、まあ、まあ。それは楽しみだわ。オープンしたら絶対教えてね」

私はフランさんの圧に背中が反るほど引いてしまった。

「もちろんです」

「あら、じゃあ、来月末の夏祭りにも出店するの？」

「え？　夏祭り？　出店？」

「ええ、毎年この町で開かれる、年に一度のお祭りよ。ああ、そっか。カリンちゃんは他所《よそ》から来たんだったわね。そのお祭りではね、この町以外からもたくさん人が訪れるのよ。商売をしている人は、この機会に試作品をはじめ様々な商品を露店や屋台で出すの。その売れ行きを見て、今後商品化するかどうかの判断をするのよ」

フランさんの言葉に心が揺れるが、私にはまだ店を出す資格がない。残念だけど今回は諦めるしかないだろう。

「あの、でも私まだ商業取引委員会に承認されていないんです。だから出店できないと思うんですけど」

「大丈夫よ。屋台や露店は正式な店舗じゃないし、これから商売を始めようと思っている人が手始めに参加することもよくあるから」

「ええ？　じゃあ私でも出店できるんですか？」

フランさんからの思いも寄らぬ情報に、心が浮き立った。

「もちろんよ。町役場に届ければいいし、屋台も安く貸してもらえるわよ。今月いっぱいで申し込み締め切りだけど、まだ間に合うわね。紹介者が必要だけど、よかったら私が紹介者になってもいいわよ」

「本当ですか？　是非お願いします！」

たとえ屋台といえどもお店を出せる。私は、フランさんの言葉に飛びついた。

フランさんはすぐに紹介状を書いてくれたので、私はすぐに町役場に持っていき出店を申し込むことにした。

私が意気揚々と店を出ようとしたら、フランさんに呼び止められた。

「ちょっと待って、カリンちゃん。服は買わなくていいのかしら？」

「あっ…………」

本来の目的を忘れてしまうところだった。

グレンの方を見ると、じと目をして呆れた顔で私を見ていた。

だって、仕方がないじゃない？　思わぬ情報を得たんだもの。

「あははっ、えっと店用のエプロンドレスと夏服を数着、見繕ってもらえますか？」

私は笑って誤魔化すと、フランさんに言った。

フランさんは「もちろんいいわよ～」と言ってクスリと笑っていた。

結局、半袖とノースリーブのワンピース各三枚とカーディガンをその場で購入し、エプロンドレス三着はオーダーすることにした。

フランさんのデザインする服は相変わらずセンスがよい。シンプルなのに可愛くておしゃれだ。裾や胸元の派手すぎない刺繍のせいだろうか？　私には絶対にこんな服は作れないだろう。着るのが楽しみだ。

普段着る夏服の代金は全部で一万ロン。その分はその場で支払い、エプロンドレス一万五千ロンは引き取りに来た時支払うことになった。また少し安くしてくれた。

さて、町役場に行って夏祭りでの出店の申し込みをするとしましょうか。

私は本来の目的を済ませて、意気揚々とフランさんの店を後にしたのだった。

◇◆◇

ヨダの町役場は真っ白で四角いシンプルな建物だった。白木の両開きドアを見上げると、ちゃんと「ヨダの町役場」と大きく表示されている。

分かりやすくていい。

私は扉を開けて中に進んだ。

あれ？　グレンも後ろから付いてきているけど、猫が入ってもいいのかしら？　実際は猫じゃないけど……

と思ったけど、誰にも何も言われなかったのでそのまま正面にある案内所の方へ向かった。

「あの、来月の夏祭りで出店したいんですけど」

「紹介状はありますか？」

私がそう言うと、茶髪を二つに結わえた二十代くらいの案内嬢がにこやかに聞いてきた。

フランさんからもらった紹介状を見せると「夏祭り出店受付窓口」と書かれた案内板がある場所まで案内してくれた。

早速、窓口で申し込み用紙に必要事項を記入して申し込むと、係の人が出店に関する注意事項などを説明してくれる。

夏祭りは、来月末である参風月（前世の七月）二十八日～三十日に開催される。出店費は三日間で千ロン、屋台を借りるとしたら一台五百ロン。場所は申し込み順ということで、申し込み期日はフランさんから聞いていた通り、今月いっぱいとのことだ。

ということは、今日は二十九日なので明日までということだ。そう考えると私が出店できる場所は端っこの方だと予想される。

まぁ、仕方ないよね。

とりあえず出店できることに満足した私は、次に天才魔導具師であるエミュウさんの店に行くことにした。

欲しいのは宅送鳥。

タブレットで調べたら、この世界の通信手段は宅送鳥による手紙のやり取りか、魔導通信機で行うようだ。魔導通信機とは、前世で言うテレビ電話のようなもので通信に関する魔法術式が組み込まれており金額が高価なため、王族や高位貴族しか所持していないそうだ。

当然ながらお互いに持っていなければ通信できないので、私が持っていても通信できる相手がいない。

王族や高位貴族に知り合いなんかいないしね。

そもそも金額が百万ロン（日本円で百万円）もするので買えないんだけどね。

そう考えると、通信手段として購入できるのは宅送鳥に絞られるのだ。

宅送鳥の金額は、販売者によりかなり幅があるようだ。それでも、安くて二万ロンはするみたいだから、一家に一台あればいい方なのだとか。

因みに手紙の郵送システムというものもあるようだ。このシステムは主に宅送鳥さえ買えない庶民や、自分の宅送鳥では送れない場合に利用するらしい。

自分の宅送鳥で送れない場合というのは、荷物が大きかったり、自分の宅送鳥の指定範囲外の場合だ。

宅送鳥によって送れる範囲というのが決まっているのだ。もちろん、範囲が広いほど宅送鳥の金額は高額になる。

トランサーといわれる公共の組織がそれを行っており、窓口は町や村などの役場内にあるそうだ。

トランサーは顧客から依頼された手紙や物品を希望の場所に届けてくれる。宅送鳥を使って。

そう、トランサーは配送物を大きさごとに振り分け、大中小の宅送鳥を使って配送業を行っているのだ。

つまり、前世で言う郵便局や宅配便の役割を担っている。

私の場合、森の中に住んでいるのでヨダの町の役場まで行くのは面倒だ。それに今のところ私の知り合いといえば、クランリー農場の人々くらいだ。買い物で知り合った人もみんなヨダの町内に住んでいる。

わざわざ町役場まで行って手紙を依頼するなら、直接訪ねた方が早いと思う。

それなら、多少高くても宅送鳥を買った方がいいに決まっている。

ということで、再びエミュウさんの魔導具店に行くことにした。

魔導具店に着くと、エミュウさんは相変わらずカウンターで本を読んでいたようだった。

そういえば私、この世界に来てから全然本を読んでいない、というか持っていないし。

タブレットがあるから本から情報を得ようと考えが及ばなかったことに今さらながら気づいたのだった。

でも、疑問に思った時や知りたいと思った時にタブレットは重宝するけど、そう思う前に得なければならない情報については、やはり書籍に勝るものはないと思う。

タブレットは何が分からないのかが分かっている時しか使えないのだ。

まあ、いいかぁ、それより今の私にとって重要なのは開店準備だ。

いつか時間ができたらこの世界の本も読んでみたいな。と心の中で不確かな予定を入れた私は、エミュウさんに宅送鳥が欲しい旨を伝えた。

「あら、宅送鳥が欲しいの？　そうね、丁度カリンちゃんにお似合いのものがあるわ。宅送鳥にも相性があるからね。ちょっとこっちに来てみて」

ん？　確か宅送鳥って魔導具のはずでは？　魔導具なのに相性なんてあるの？

そんな疑問を持ちつつ、私はエミュウさんに促されるまま後を付いていった。

あれ？　そういえばこの前来た時は黒猫がいたけど、今日は見ないわね。グレンによると黒猫ではなくて猫妖精《ケットシー》だとのことだけど、私にはどう見ても黒猫にしか見えなかったのよね。

そう思って、キョロキョロしながら探していたら、脇にある柱を通り過ぎる時にちらりと顔だけ出しているのが見えた。

人見知りの猫ちゃんなのかしら？

そんな疑問を抱きつつ、エミュウさんに促されるまま案内された部屋に足を踏み入れた。

そこは工房のように見える。商店街の通りからは気がつかなかったけど、裏の方に工房があったらしい。

工房の中は八畳くらいの縦長で一応整理はされているようだが、ぱっと見乱雑に見える。様々な素材が壁の棚に並べられ、作業台には作りかけの魔導具が置かれているせいだろう。

エミュウさんが一つの棚の前で立ち止まった。よく見るとそこには様々な色、形、大きさの鳥が並んでいた。そう、魔導具の宅送鳥だ。

その中からピンク色に瑠璃色の瞳の宅送鳥を手に取った。片手のひらに載せると少しはみ出るくらいの大きさだ。

「これなんかどうかしら？　カリンちゃんのイメージにピッタリだと思うわ。というか、最初に出会った時にカリンちゃんに合わせて作ったんだけどね」

「え？　私が買いに来るって分かってたんですか？」

私は、エミュウさんの言葉に驚いて尋ねた。

「ええ、なんとなくね。私、結構こういう勘が鋭いのよ」

勘？　それって勘なのだろうか？　なんか予知っぽいわよね。

そう思ったけど、憶測に過ぎないのでその考えは心の奥に引っ込めた。

「へぇ、そうなんですか？　すごいですね」

「でしょ？　で、どうする？　この宅送鳥買ってくれるかしら？　もちろん操作ボードも付けるわよ」

「操作ボード？」

「ええ、これのことよ」

私の問いにエミュウさんがＡ４サイズくらいで厚さ一センチほどの白い板を他の棚から取り出した。

「これが操作ボードよ」

私に見せるとエミュウさんは操作ボードの説明を始めた。

操作ボードを机などの平らな上に置く。そこに魔力を流すと地図が現れた。

どうやら商店街の地図のようだ。

「これは私の操作ボードだから、ここの場所がスタート地点に設定されているの。カリンちゃんも自分の家の場所を設定するといいわ。右上の赤いボタンを押しながらボードに魔力を流せば設定されるから」

エミュウさんはさらに説明を続ける。

「宅送鳥と操作ボードは、最初に魔力を流した者しか使えないのよ。宅送鳥はその魔力を辿って主《あるじ》の元へ帰ってくるの。送りたい場所を設定する時には、目的の場所に指で触れて魔力を流してね。目的の場所が画面に映らない時は、二本の指でスライドさせると見えるわ」

そう言って、エミュウさんは実践してみせてくれた。

「宅送鳥を飛ばす時には、両手で宅送鳥を包むようにして魔力を流すの。スタート地点から配送先までの往復の魔力が溜まると自動的に飛び立つのよ」

エミュウさんは説明が終わると私の方を見てニッコリと笑った。

「一応説明書も付けるわね。で、どうする？　購入する？　そうね、カリンちゃんなら特別に操作ボード込みで一万五千ロンでいいわよ」

「もちろん、買います」

私は即座に答えたのだった。

宅送鳥には自分のマークを施すらしい。私は宅送鳥の額に四つ葉マークを付けてもらうようにエミュウさんにお願いした。

エミュウさんが錬金魔法で私がお願いしたマークの付与を施すと、宅送鳥を操作ボードの上に載せる。エミュウさんに言われるままに宅送鳥に私の魔力を流した。

すると、操作ボードの右上と宅送鳥の額にある四つ葉マークが呼応するように輝いた。

「はい、これで設定完了よ。これでカリンちゃんがどこに送っても、この宅送鳥は魔力を辿ってカリンちゃんの元に帰ってくるわ」

エミュウさんの言葉に、自分のものになった宅送鳥を両手で持ち上げた。

額に輝く四つ葉マークを見つめると、この鳥が幸せを運んでくるかのように思えたのだった。

閑話　神獣グレンと猫妖精《ケットシー》ノア

真っ白なもふもふの毛皮を纏った猫……ではなく神獣グレンは、カリンと共に魔導具店へと足を踏み入れた。今回で二度目の来店である。

グレンは最初にこの場所で出会った猫妖精《ケットシー》であるノアのことが気になっていた。

猫妖精《ケットシー》といえば精霊王の眷属であることは周知の事実。なぜこんな場所に力を隠し、猫のふりをして身を潜めているのか？　まだ年若い猫妖精《ケットシー》ではあるが、ペットのように人間に飼われているとは信じがたい。

まぁ、年若いといえど、百年は生きているだろうが……

グレンの頭の中にとある考えが浮上する。

（もしかして、妖精姫付の猫妖精《ケットシー》か……だとしたら詳しい事情を知っていそうだな。某が地球を視察している際に起こった一連の事件はラシフィーヌ様から知らされているが、そのうちにあの黒猫にも聞いた方がよいかもしれぬな）

カリンが魔導具師エミュウの案内で工房に入っていくのを見届けると、グレンは途中で踏みとどまり、黒猫の姿を探した。

柱の隅で身を屈めてこちらを覗っている黒猫にすぐに気がつき、グレンは鋭い目を向けた。

『そんな場所に身を隠して某の注意を躱《かわ》せるとは思っていないだろうな』

頭の中に放たれたグレンの念話を受けると、黒猫は柱から静かに離れ、グレンの近くまで来てひれ伏した。

『当然です。神獣様。しかし、僕はなんの力も持たぬしがないただの黒猫に過ぎませぬ』

黒猫はひれ伏したまま答えた。

『ほう、某が神獣だと分かるのか。ただの黒猫なら気がつくことはないだろうに。戯《ざ》れ言《ごと》はよい。其方が猫妖精《ケットシー》であることは当然のことながら気がついておる。某が分からぬとでも思っているのか？』

静かだが威厳を放つ言い回しに、黒猫は萎縮《いしゅく》する。

『とんでもございません。神獣様。確かに僕はかつては猫妖精《ケットシー》として生きていたこともございます。しかし、今はその力も薄れて殆どただの猫と変わらぬのです。どうかお見逃しください』

黒猫はまだひれ伏したまま話し続けた。

『ふん、まあよい。とりあえず頭を上げるがよい。話しづらくて敵わん。其方はカリンに気づいたであろう』

『もちろんです。あの藍色の髪はクラレシア神聖王国の民の特徴。そして、あの瑠璃色の瞳はクラレシア神聖王国の王族の特徴なのですから。ああ、メディアーナ様の御子《みこ》が大きくなられてなんと感慨深い』

黒猫は目を細めて懐かしむように話した。

『僕の力が及ばずあんなことになったというのに、御子様がご無事だっただけでも僥倖《ぎょうこう》といえるでしょう』

続けて話す黒猫の瞳は少しだけ潤んでいるように見えた。

『ふん、無事と言えるかどうかは見ただけでは分からぬぞ。とにかく今はカリンに余計なことは申すな。とはいえ、其方はただの黒猫であったな。ならば今暫く黒猫のふりを続けるがいい。そうそう、某の名はグレンと申す。特別に其方には某の名を呼ぶことを許すとしよう』

『グレン様……ありがたき幸せ』

黒猫は頭を下げ感謝の意を表す。

『時期が来たら其方にも話を聞きに来ることになるだろう。其方がなぜただの黒猫に姿を窶《やつ》しているのか、その時に話してもらうとしよう』

グレンが有無を言わさぬような圧で告げると、黒猫は言葉に詰まりすぐに声を出すことができなかった。

『…………承知しました。その時は僕の愚かな失態を晒し、グレン様の処罰も甘んじて受けるとしましょう』

黒猫は覚悟を決めたように目に力を入れた。

『勘違いするな。其方を処罰する権限は某にはない。其方はただありのままに見てきたことを話すだけでよいのだ』

グレンはその場を立ち去ろうとノアに背中を向けた。

『ノアよ、其方はもう罰を受けている。罪悪感を持ち続けるのもほどほどにな。それに其方は徐々に本来の力を取り戻しつつあるようだぞ』

背中越しにそう言うと、グレンはカリンの元へ足早に歩いていった。

その神々しいまでの後ろ姿を目に留めながら、ノアは他にもまだ自分にできることがあるのかもしれないと僅かな希望の光が灯るのを感じたのだった。

いずれ最強の錬金術師？
SOMEDAY WILL I BE THE GREATEST ALCHEMIST?
1~17
小狐丸
KOGITSUNEMARU
シリーズ累計（電子含む）120万部突破!
2025年1月8日より
TVアニメ放送中!!
TOKYO MX・BS11ほか
コミックス
1~8巻
好評発売中!
1~17巻
好評発売中!
勇者召喚に巻き込まれ、異世界に転生した僕、タクミ。不憫な僕を哀れんで、女神様が特別なスキルをくれることになったので、地味な生産系スキルをお願いした。そして与えられたのは、錬金術という珍しいスキル。まだよくわからないけど、このスキル、すごい可能性を秘めていそう……!? 最強錬金術師を目指す僕の旅が、いま始まる!
地味～な生産職志望の僕に付与されたのは、
聖剣から空飛ぶ船まで、何でも造れる
最強スキル
錬金術!!
第10回アルファポリスファンタジー小説大賞
読者賞受賞作
アルファポリス人気ランキング
圧倒的第1位
……僕、のんびり暮らしたいだけなんだけど
原作 小狐丸
漫画 ささかまたろう
最強の生産スキル
錬金術発動
10万部突破!
●Illustration：人米
●16・17巻 各定価:1430円(10%税込)
1~15巻 各定価:1320円(10%税込)
●漫画：ささかまたろう B6判
●7・8巻 各定価:770円(10%税込)
1~6巻 各定価:748円(10%税込)

英雄パーティを追い出された少年、クルトの戦闘面の適性は、全て最低ランクだった。
ところが生計を立てるために受けた工事や採掘の依頼では、八面六臂の大活躍! 実は彼は、戦闘以外全ての適性が最高ランクだったのだ。しかし当の本人は無自覚で、何気ない行動でいろんな人の問題を解決し、果ては町や国家を救うことに——!?

●Illustration:ゾウノセ
●11巻 定価:1430円(10%税込)
1~10巻 各定価:1320円(10%税込)

●漫画:古川奈春　●B6判
●7・8巻 各定価:770円(10%税込)
1~6巻 各定価:748円(10%税込)

この作品に対する皆様のご意見・ご感想をお待ちしております。

おハガキ・お手紙は以下の宛先にお送りください。

【宛先】

〒150-6019 東京都渋谷区恵比寿4-20-3 恵比寿ガーデンプレイスタワー 19F
（株）アルファポリス　書籍感想係

メールフォームでのご意見・ご感想は右のＱＲコードから、
あるいは以下のワードで検索をかけてください。

アルファポリス　書籍の感想　検索

ご感想はこちらから

本書はWebサイト「アルファポリス」（https://www.alphapolis.co.jp/）に投稿されたものを、
改題、改稿のうえ、書籍化したものです。

転生少女《てんせいしょうじょ》は異世界《いせかい》で理想《りそう》のお店《みせ》を始《はじ》めたい
猫《ねこ》すぎる神獣《しんじゅう》と一緒《いっしょ》に、自由気《じゆうき》ままにがんばります！

梅丸みかん（うめまるみかん）

2025年3月30日初版発行

編集－佐藤晶深・芦田尚
編集長－太田鉄平
発行者－梶本雄介
発行所－株式会社アルファポリス
〒150-6019 東京都渋谷区恵比寿4-20-3 恵比寿ガーデンプレイスタワー19F
TEL 03-6277-1601（営業）　03-6277-1602（編集）
URL https://www.alphapolis.co.jp/
発売元－株式会社星雲社（共同出版社・流通責任出版社）
〒112-0005 東京都文京区水道1-3-30
TEL 03-3868-3275
装丁・本文イラスト－にゃまそ
装丁デザイン－AFTERGLOW
印刷－中央精版印刷株式会社

価格はカバーに表示されてあります。

落丁乱丁の場合はアルファポリスまでご連絡ください。

送料は小社負担でお取り替えします。


ISBN978-4-434-35493-9　C0093